여자에게 알려주는
99가지 비밀이야기

이명수 지음

지성문화사

여자에게 주는 99가지 비밀이야기

사람은 그 언어에 의해서
자기 평가를 가능케 한다. 선량한 말을
하는 사람은 행운을 맞이하고, 악한 말을 서슴지 않는 사람은
불행을 자초한다. 행복한 삶을 원한다면
항상 입을 조심하라. 나의 행복과 불행은
나의 말 한마디에 있다.

지성문화사

하나─나는 책을 통하여 많은 것을 배웠다

책 속에는 인류의 모든 역사가 있고, 인간의 존재 의의가 있다. 세상을 지탱하고 있는 철학과 사상이 있고, 문학과 예술이 있다. 책 속에는 수많은 역사적 인물이 있다. 그들이 전 생애를 바쳐 이룩한 업적과 지식과 지혜가 고스란히 담겨 있다.

나는 책을 통하여 부처와 예수, 소크라테스와 공맹(孔孟)을 비롯한 수많은 역사적 인물과 만날 수 있었다. 그들과 더불어 진지하게 대화를 함으로써 인생과 우주를 조금이나마 터득하게 되었다.

둘─인간의 본질은 예나 지금이나 변함이 없다

내가 책을 통하여 얻은 모든 지식과 나의 얄팍한 인생 경험을 종합해 볼 때, 인간의 생활이란─예나 지금이나를 막론하고─어쩔 수 없이 평범한 일상의 연속이 아니면 같은 일, 비슷한 일의 되풀이에 불과했다는 결론을 얻었다.

오욕 칠정(五慾七情)에 이끌리는 인간성 역시 옛사람과 지금 사람이 별반 다를 것이 없었다. 따라서 시간과 공간을 초월하여 밝혀진 진리는 언제까지나 유효할 것이라는 것이 나의 믿음이다.

셋-행복은 남의 행복이, 불행은 나의 불행이 크다

세상에 이름을 남긴 수많은 철학자·사상가·문학가들은 약속이나 한 것처럼 다음과 같은 요지의 말을 했다.

"언제나 행복은 남의 행복이 커 보이는 법이고, 불행은 나의 불행이 절실한 것이다. 나의 손가락에 가시 하나 박힌 것이 남의 팔 하나가 잘린 것보다 더 아픈 법이며, 내 가정의 조그마한 불행이 한 국가의 정치적·경제적 혼란보다 더 심각한 것이다."

자기를 제외한 주변의 모든 사람들은 행복한 듯이 보인다는 것 — 이것은 무엇을 의미하는가?

넷-다른 사람들의 인생은 정말로 강렬하고 예사롭지 않다

그들은 이런 요지의 말로 그것을 설명한다.

"사람은 스스로 지니지 못하는 것에 대해서는 가슴이 아리도록 선망을 느낀다. 내가 아닌 다른 사람들의 인생은 정말로 값지게 보이면서도 강렬하고 예사롭지 않게 생각하는 것이다. 그러나 그곳이라고 해서 밑바닥 없는 사람의 만족을 충족시키는 것은 아니다."

다섯-사람이 불행한 것은 그들이 가진 이기심 때문이다

그들이 말하기를, 사람은 본질적으로 이기적인 생물이라고 했다. 그 이기심 때문에 폭넓게 생각하지 못하고, 멀리까지 보질 못한다고 했다. 숱하게 남의 행복과 불행, 성공과 실패를 보고 들으면서도, 그와 똑같은 체험을 직접 경험하지 않고서는 실감하지 못한다고 했다.

그래서 세상에 존재하는 남자와 여자는 모두 일상을 뛰어넘는 무엇인가를 사무치게 동경한다고 했다.

욕심 때문에, 주색 때문에, 어리석음 때문에, 허영 때문에, 게으름 때문에, 거짓말 때문에, 도박 때문에……, 비참하게 몰락하는 사람들을 숱하게 보면서도 깨닫지 못하고 여전히 그 뒤를 따르는 것도 이기심 때문이라고 했다.

여섯-사람은 없어진 다음에야 비로소 그것을 깨닫는다

그들은 입을 모아 말하기를 행복은 멀리 있는 것이 아니라고 했다. 인생의 의의를 무슨 거창한 데서 찾는 것만큼 어리석고 허황된 일은 없다고 했다. 몸 성히 있는 것, 굶주리거나 헐벗지 않는 것, 마음이 편안한 것……, 이런 것 이상의 행복은 없다고 역설했다.

그런데 사람들은 이 단순 명쾌한 진리를 모르고 엉뚱한 곳에서 헤매고 있다고 했다.

과연 그렇다. 언제인가 우리 집 큰애가 몹시도 아팠다. 나와 아내는 안절부절 못했다. 걱정 때문에 밥맛도 없었고 편한 잠을 이룰 수도 없었다. 아이의 건강만 회복된다면 정말 다른 소원은 없다고 생각했다. 말썽을 피우더라도 아이가 건강하게 뛰어놀던 때가 행복했다는 것을 새삼 깨달았었다.

아이의 건강은 곧 회복되었다. 그러자 우리 부부는 다시 다른 욕망과 소음에 마음을 빼앗겨 행복감을 느끼지 못하게 되었다. 이와 같은 실례를 들자면 참으로 많다.

우리는 행복 속에 살고 있을 때는 행복의 실체를 망각하고 살기 십상이다. 큰 불행에 휩싸이고 나서야 비로소 순탄했던 일상이 행복이었음을 가슴 저리도록 깨닫는 것이다.

인간의 어리석음은 이처럼 끝이 없다. 행복 그 자체를 행복으로 보질 못하기 때문에 불행한 것이다.

나는 책에서 많은 것을 배웠다. 그리고 나의 얄팍한 경험을 책에서 배운 지식에 대비함으로써 그들의 말이 백번 지당한 말임을 알게 되었다.

일곱-잘되려거든 잘하여라

그들이 말하기를 '잘되려거든 잘하여야 한다'고 했다. '자업 자득', '자작 자수', '내가 바라는 것만큼 타인에게 베풀라', '기브 앤드 테이크' 등의 말이 바람직한 인생의 비결을 함축하고 있다. 이것을 바르게 파악하고 바르게 실천하는 것이 무엇보다 중요하다.

　현상의 어떤 결과가 나타나는 데는 거기에 반드시 그럴만한 원인이 있다. 가정이 평탄하지 못하다면 그것은 남편과 아내 모두에게 문제가 있기 때문이다. 감히 단언하지만, 절대로 한쪽에게만 문제가 있는 것은 아니다.

　"잘되려거든 잘하여라!"

　인생을 진지하게 사는 사람이라면, 상식을 알고 지혜로운 사람이라면 이 말을 심장에 깊이 각인해 둘 필요가 있다.

　나는 짓이라는 명사로 그들의 말을 해석하고 싶다. 행복을 원한다면 행복할 짓을 해야 하고, 잘살고 싶다면 잘살 짓을 해야 하는 것이다. 그 짓이 원인이고, 원인이 있으면 반드시 그에 합당한 결과가 따르는 것이다.

　무례한 말과 거친 행동을 하는 것은 불행할 짓이다. 게으르고 낭비가 심한 것은 못살 짓이다. 타인에게 아픈 눈물을 흘리게 하면서 자기의 욕심을 채우는 것은 천벌(天罰)을 받을 짓이다.

　못된 짓, 나쁜 짓, 불행할 짓, 천벌을 받을 짓만을 골라서 하면서 복(福) 받기를 바라는 사람이 만약 있다면, 그는 영락없이 미치광이이다.

여덟-사람의 운명은 심은 대로 나고 지은 대로 된다.

이것은 '천리(天理)'임과 동시에 '철리(哲理)'이다. 당신이 바른 사고를 하고 바른 행동을 한다면 사람들은 그에 걸맞는 대접을 할 것이다.

나는 세상이 오늘처럼 병들어 가는 것을 한탄한다. 잘살면 잘살수록 가슴이 차가워지는 것에 비애를 느낀다. 육체적인 유물론으로 인하여 정신적인 유심론을 잃고 있는 현상을 안타깝게 생각한다.

그러나 나는 희망을 버리지는 않는다. 저속한 것에 영혼을 파는 인간의 악성(惡性)보다 고결한 것을 한사코 지키려는 인간의 선성(善性)을 믿기 때문이다.

이 책의 모든 내용은 ―엄밀히 따져서― 나의 사상(思想)이 아니다. 내가 어디선가 읽었거나 보고 들었던 다른 현명한 사람들의 사상을 나의 경험에 믹스한 것이다. 그렇기 때문에 얄팍한 나의 주관으로 일관되지 않고 보편적인 진리를 담고 있다고 자부할 수 있다.

아무쪼록 이 책의 내용이 바르게 전달되어 '행복한 가정과 건강한 사회'를 만드는 길라잡이가 되길 바란다.

이 명 수

차례

제2부

차례

차례

차례

젊은 부부가 의견 차이로 전투를 했다.

남편에게 얻어맞고 눈물을 흘리던 아내가 따졌다.

"결혼 전에는 결혼만 하면 나를 여왕같이 모시겠다고 하더니 그래, 이것이 여왕으로 대하는 거요?"

남편이 무섭게 눈을 부라리며 이죽거렸다.

"흥, 여왕의 정치가 좋지 못해서 민주주의 혁명이 일어난 거야!"

1

남자와 여자가 함께 산다는 것은

당신 고민의 씨앗은 남편？！

오늘은 며칠일까
오늘은 매일이지
귀여운 사람아
오늘은 일생이야
사랑스런 사람아
우리는 서로 사랑하며 살아 간다
우리는 모른다 산다는 것은 무엇일까
우리는 모른다 하루란 무엇일까
우리는 모른다 사랑이란 무엇일까.

—프레베르* 〈노래〉

아마도 이 책을 읽는 대부분의 독자들은 기혼 여성일 것
이다. 생각이 깊고 현명한 다소의 미혼 여성이나 남성들도

눈빛을 빛내면서 천천히 책장을 넘기고 있을 것이다. 더러
는 남편이라는 이름을 가진 이들도 아내가 보는 책을 몰래
훔쳐보고 있을 수도 있을 것이다.

필자가 모르면 모르되 이 책을 읽고 있는 사람들은 운명
의 장난질에 가슴깨나 태운 사람들일 것이다. 어쩌면 지금
이 순간 행복의 여신으로부터 잠시 버림을 받고 있는지도
모르겠다. 만약 그렇다면 지금부터 시작되는 필자와의 대화
가 좀더 진지하고 유익한 이야기가 될 것이다. 왜냐하면 바
로 당신을 고통스럽게 하는 문제와 해결 방법을 이 책 어딘
가에서 필히 만날 수 있을 것이기 때문이다.

지금 당신을 고통스럽게 하는 일은 무엇인가? 이 질문에
대하여 당신은 솔직하고도 진지하게 — 필자와 직접 대화를
하고 있다고 생각하면서 — 소리로써 표현하길 바란다.

· 당신의 남편(혹은 아내가)이 바람을 피우고 있는가.
· 종교 문제로 갈등을 하는가.
· 폭력 행사를 하는가.
· 주사(酒邪)가 심한가.
· 의처증이 있는가.
· 당신의 사회 활동에 반대를 하는가.
· 당신을 무시하여 독단적인 행동을 하는가.
· 끼니를 걱정할 정도로 무능력한가.
· 좁쌀 영감처럼 당신의 일에 사사 건건 간섭을 하는가.
· 말투가 곱지 못하여 당신의 감정을 자극하는가.
· 낭비벽이 심한가.
· 도박에 빠져 있는가.

· 이해심이 부족하고 고지식한가.

· 진실하지 못하여 매사에 부도덕한 행위를 하는가.

· 친구를 너무 좋아하여 가정에 등한시하는가.

· 좋지 못한 습관이 있어서 당신을 짜증나게 하고 지치게 하는가.

· 자녀들의 교육에 무관심하거나 오히려 부정적인 영향을 미치는가.

· 자기만을 위해 주기를 바라는가.

· 목석처럼 말이 없어 답답하게 만드는가.

· 처가(혹은 시댁) 식구를 무시하는가.

· 식성이 까다로운가.

· 성(性) 능력이 시원찮아 아쉽고 갈증나게 만드는가.

· 아니면 성(性) 능력이 너무 왕성하여 감당하기 힘들게 하는가.

이 밖에도 당신을 고통스럽게 하는 수천 수만 가지의 다른 이유가 있을 수도 있을 것이다. 그것을 다음의 공란에 기입하길 바란다. 당신이 이런 문제만 해결된다면 행복해질 수 있다고 생각하는 일들을 기입하길 바란다.

큰 불행을 피하기 위해서는

문제를 현명하게 해결하기 위해서는 먼저 그 문제를 구체적으로 명시(明示)하는 습관을 가지는 것이 좋다. 그래야만 멋대로 날개질치는 사고의 혼란을 막을 수 있고 해결 방법도 명시화되는 것이다.

그저 막연하게 생각하는 것과 명시하는 것과의 차이는 크다. 이를테면 당신의 남편이나 아내가 바람을 피우고 있다고 하자. 그 사실을 알게 되었을 때 당신이 감당하게 될 충격은 무척 클 것이다. 그 배반감은 당신의 자존심에 치유하기 힘든 상처를 주어 감정을 격노(激怒)시킬 것이다.

감정에 사로잡힌 인간의 사고는 극단적으로 근시안적이 되기 쉽고, 행동은 자연 무분별해지기 마련이다. 감정에 빠지지 않고 조리있게 일을 생각하여 판단하는 능력을 상실하기 때문이다.

그러나 문제를 명시화시키는 일은 어떠한 경우라도 이성(理性)을 잃지 않겠다는 마음가짐을 드러내는 행위다. 적어도 문제를 명시하는 동안 만큼의 여유를 얻을 수 있다는 점에 주목하기 바란다.

적절한 예가 될는지는 모르겠지만, 자녀를 체벌할 때를 놓고 생각해 보자.

아이가 잘못했을 때 감정적인 부모는 분을 참지 못하고 바로 손찌검을 하거나 닥치는 대로 무엇인가를 집어들어서 매를 때린다. 이러한 체벌은 아이의 인격 형성과 성장에 무척 부정적인 결과를 빚게 만든다는 것이 교육학자들과 심리학자들의 공통된 주장이다.

우리의 전통 사회에서는 자녀의 체벌에도 일정한 격식이 있었다. 자녀가 잘못했을 때 부모는 그 아이 스스로에게 회초리를 꺾어오도록 분부한다. 그런 다음 종아리를 걷게 하여 목침(木枕)에 올라서도록 한다. 이러한 절차를 거친 후에서야 비로소 종아리를 때렸다.

여기에는 깊은 뜻이 숨어 있다. 서로가 생각할 수 있는 시간을 벌자는 것이다. 아이는 걱정스런 마음으로 회초리를 꺾으면서 자기의 잘못을 생각할 기회를 갖게 된다. 부모는 부모대로 북받친 감정을 추스리고 이성적으로 생각할 여유를 찾는다. 그렇기 때문에 감정적으로 아이를 체벌하는 경우는 피할 수 있는 것이다.

원만한 가정을 유지하기 위해서는 순간적인 감정을 잘 참는 것이 큰 불행을 피할 수 있는 유일한 방법이다. 그러므로 당신은 화가 나서 피가 거꾸로 치솟더라도 열까지 셀 정도의 여유 정도는 가져야 한다. 그것마저 힘들다면 적어도 숨호흡을 한 번 크게 한 다음에 다시 한 번 반복할 시간 여유 정도는 가져야 한다.

몹시 감정이 상했을 때 의식적으로 가지는 단 몇 초 동안의 여유가 당신을 불행에서 구해내는 묘약이 될 수 있는 것이다.

사람이 미워지는 것은 순식간이다

세상에는 순간적인 감정을 참지 못하여 평생을 불행하게 살아가는 사람들이 많다. 필자의 주변에도 그런 사람이 여럿 있다. 여기에서 그중 한 사람의 이야기를 하지 않을 수

없다. 왜냐하면 그들 부부의 불행에서 이 작품이 구상되었
고, 그 불행은 조금만 사려가 깊었더라면 피할 수 있었을 것
이라는 안타까움 때문이다.

K는 미술 학원을 운영하고 있는 서양화가이다. 여기서는
편의상 K의 이름을 김미란으로 명명(命名)한다.

눈이 부시도록 젊은 날에 나는 어느 모임에서 김미란을
처음 보았다. 그녀의 빼어난 미모와 몸매, 신비감을 느끼게
하는 독특한 분위기는 처음 본 순간 나를 도취시켰다.

그날부터 나는 마음속으로 김미란을 사모하기 시작했다.
그녀도 나에게 호감을 가진 것은 분명했다. 우리는 그 후 2
년 동안 줄곧 일주일에 한 번씩 만나 문학을 얘기하고 예술
을 얘기하고 인생을 얘기했다.

그러나 바보처럼 용기가 없었던 나는 가슴을 태우고 또
태우면서도 사랑을 고백하지 못했다.

그때 그러한 나의 망설임을 질책하던 친구가 있었다. 여
자들과의 사교에 능한 박영후(가명)라는 친구였다.

박영후는 사랑의 메신저를 자처하며 우리 사이에 끼어들
었다. 그리고……, 그들 두 사람이 가까워져 버렸다. 믿었
던 친구와 연인에게 동시에 배반당했던 그 당시의 나의 심
정 — 그것에 대해서는 여기서 말하지 않기로 하겠다.

내가 다시 김미란을 만난 것을 그로부터 5년이 흐른 어느
날이었다. 그녀는 신문에서 나의 책 광고를 보고 연락처를
알았다고 했다.

변화를 즐기는 세월은 5년 동안 그녀를 많이도 변화시
켰다. 나의 마음을 그렇게 태웠던 그녀는 이미 결혼과 이혼
을 겪은 상태였다.

"인생이란 그렇더군요."

김미란은 창밖을 응시하며 독백처럼 말했다.

"아주 사소한 말다툼이었어요."

파경(破鏡)에 이르기까지의 과정을 말하면서 김미란은 울먹이며 눈시울을 적셨다.

"당신네 식구들은 왜 그래?"

김미란이 불쑥 내뱉은 이 말 한마디가 불씨였다.

"뭐라구? 그러는 당신네 식구는 어떻고?"

박영후는 벌컥 화를 내면서 아내의 말을 되받아쳤다. 자연 두 사람의 말다툼은 상대편의 가족들을 폄(貶)하는 것이 되었다. 박영후는 홧김에, 참으로 경솔하게도, 그 사실을 자신의 가족들에게 전했다. 가족들은 두 눈에 쌍불을 켜고 김미란을 공격하기 시작했다.

"사람이 미워지는 것은 순식간이더군요."

김미란은 시댁 식구들의 모진 공격을 받고 갑자기 남편이 죽이고 싶을 정도로 미워졌다고 했다. 그리고 그 감정을 씻지 못하고 끝내는 이혼을 했다.

"후회스러워요. 모든 것이……."

김미란은 아이가 보고 싶다고 했다. 아이가 불쌍하다며 울먹였다.

오해와 갈등

한때 사랑했던 여인, 그 여인의 불행한 모습은 나로 하여금 한없는 연민의 정을 느끼게 만들었다.

"전화해도 괜찮겠어요?"

그녀의 말에 나는 고개를 끄덕였다. 그 후 김미란과 나는 인생의 친구로서 가끔 만났다.

이 만남으로 인하여 나는 아내와 심각하게 갈등을 빚은 적이 있다. 나의 출판기념회 때 아내와 김미란은 처음으로 만났다. 그 후 아내는 종종 이상한 말을 했다.

"그 여자 참 매력적인 여자였어요. 당신과 어떻게 만난 사이예요?"

나는 불필요한 오해를 피하려고 자초지종을 사실대로 말해주었다. 짝사랑했던 여인이었다고.

"지금도 사랑해요?"

어느 날 아내는 잠자리에서 불쑥 이렇게 물었다.

"사랑해요!"

나의 대답에 아내는 벌떡 상체를 일으키면서 이렇게 쏘아붙였다.

"불쾌해요!"

나는 어안이 벙벙했다. 대체 무엇이 불쾌하단 말인가!

사람은 가끔씩 대화를 하다가도 엉뚱한 생각을 할 때가 있다. 하늘에 떠있는 구름을 보면서도 한 사람은 구름 속에 숨은 태양을 생각하고 있는데 반하여 다른 한 사람은 비를 생각하는 경우가 있다.

그날 밤 나와 아내의 경우가 그러했다. '사랑하느냐'고 물었던 아내의 말 뜻은 아내 자신이 아닌 김미란을 사랑하느냐고 물었던 것이다. 그런데 내가 듣기에는 아내가 사랑을 확인하는 말로 들렸다.

참으로 어처구니없는 오해였지만, 그 오해로 인하여 부부사이가 서먹해졌다. 몹시 불편한 마음을 가지게 되었다.

"그 여자 지금도 만나요?"

"가끔."

"만나서 뭘해요?"

"……."

언제부터인가 아내는 말꼬리를 물고 늘어지는 버릇이 생겼다. 그리고 그 말꼬리는 한없이 비약되어 나를 지치게 만들었다.

"제발 그 말 좀 안할 수 없어!"

나는 마침내 비명을 지르고 말았다. 아내의 억지스럽고도 집요한 강샘에 신물이 났다. 정말 훌훌 털고 어디론가 멀리 도망치고 싶었다.

아내를 피하기 위하여 떠난 여행

그 무렵에 나는 처음으로 이혼을 생각했다. 그러나 이내 그 생각은 접어 버렸다. 어린 자식들이 불쌍했기 때문이었다. 세상에 그 자식을 낳은 어미보다 그 자식을 더 사랑할 수 있는 여자가 어디에 있으랴, 하는 것이 나의 생각이었다.

이혼은 안된다고 생각했지만 아내의 얼굴을 보는 것은 역시 싫었다. 그래서 나는 은둔(隱遁)을 꿈꾸다 실종(失踪)을 빙자한 증발을 꿈꾸다를 반복했다.

그러던 어느 날, 나는 그 계획을 실행에 옮겼다. 소리 소문도 없이 사라진 것은 아니었다. 아내와 상의하여 보길도(甫吉島)에 들어가 틀어박혔다. 명목은 작품을 쓰기 위해서였지만, 실상은 아내를 피하기 위한 도피였다.

보길도의 생활은 정말 편안했다. 전화도 없고, 회의도 없고, 급한 일도 없고, 아내의 강샘이나 잔소리도 없었다.

매우 조용하고 아름답고 평온한 분위기 속에서 나는 맘껏 게으름을 피웠다.

십여 일의 시간이 지났을 때 나는 조금 무료해졌고, 아이들이 보고 싶어졌다. 정나미가 떨어져서 다시는 보고 싶지 않던 아내도 문득문득 그리워졌다.

"사랑했기에 만났던 우리가 왜 이렇게 되었을까?"

나는 이 화두(話頭)를 가지고 몇날 며칠 씨름을 했다. 정말 치열하게 명상(冥想)과 사색(思索)을 했다. 그리고 아내를 이해할 수 있었다.

사랑의 재발견

나는 아내에게 장문(長文)의 편지를 썼다.

우리가 어떻게 만났는가.

우리가 어떻게 사랑을 키웠는가.

우리는 어떤 마음으로 결혼을 했는가.

우리 부부가 함께 했던 세월의 행복은 무엇이었고, 불행은 무엇이었는가. 그리고 그것이 지금에 와서 무슨 의미를 가지고 있는가.

나는 마치 현미경으로 어떤 사물을 관찰하듯 우리의 모든 것을, 아주 시시콜콜한 것까지, 이야기했다.

편지를 쓰면서 나는 새삼스럽게 깨달았다 — 아내와 내가 이렇게 진지하게 대화를 했던 적이 있었던가를.

사랑이란 말을 당분간은 안 쓰마

이 때묻은 말을
코에 걸면 코걸이
귀에 걸면 귀걸이
때로는 음모

흥정이 숨어 있는 이 말을
이 말이 정 필요하다면
오히려 벙어리가 되마

그러나 이 말 없이는 어찌 태양이 뜨랴
밤하늘의 별은 반짝이랴
바람은 어찌 나무와 속삭이며
비는 땅과 속삭이랴
이 말 없이는 또 꽃은 어찌 피며 지랴

처음부터 이 말의 깊이 속에서
우리는 사는지 몰라
어쩌면 마지막 희망으로
우리는 이 말의 깊이에서 사는지 몰라.

—신동집 〈마지막 희망〉

나는 이 시를 앞세운 다음 편지의 끝머리에 사랑한다는
말을 편지지의 뒷장이 패이도록 힘주어 썼다.

위태로운 시기를 넘기는 지혜

사람의 마음을 움직이게 하는 것은 진실이다. 진솔한 대화가 사람의 마음을 끊임없이 뒤흔드는 법이다.

내가 아내를 미워했을 때 아내도 나를 미워했다. 내가 아내를 향하여 마음의 문을 닫았을 때 아내도 나를 향하여 문을 닫았다. 내가 이혼을 꿈꾸고 있었을 때 아내도 이혼을 꿈꾸고 있었다.

그러나……, 내가 아내를 다시 사랑하기 시작하자 아내의 사랑 역시 다시 꽃피기 시작했다.

이 얼마나 신비로운 일인가! 사랑은 사랑을 부르고, 미움은 미움을 부르고, 그리움은 그리움을 부른다는 사실이……

나는 그때의 경험으로 위태로운 시기를 넘기는 지혜를 터득했다.

당신이 세상에서 가장 아름다웠던 날

지난날 당신이 세상에서 가장 아름다웠던 날이 있었다. 행복의 여신으로부터 감당하기 힘들 만큼이나 큰 축복을 받았던 날이 분명히 있었다.

백합처럼 청조한 흰옷을 입은 당신은 너무도 아름다웠다. 사랑스러웠다. 그날 당신은 많은 사람의 축복 속에서 사랑하는 사람의 곁에 서 있었다.

"죽음이 두 사람을 떼어 놓을 때까지 영원히 사랑할 것을 약속합니까?"

당신과 당신의 다른 한쪽은 엄숙하고 경건한 목소리로 그
렇다고 대답했고, 그 소리는 서로에게 가슴 벅찬 떨림과 어
떤 무게를 전했다.

그 순간이 오기까지 사랑하는 사람과 함께 있게 되기를
그 얼마나 갈망했던가. 사랑을 속삭이다 각자의 집으로 갈
라지는 순간들이 너무나 아쉽고, 그 사람과 헤어져 혼자 있
는 공간은 너무나도 외롭고 시간은 슬펐기 때문에…….

그날 당신은 분명히 '좋은 아내가 되겠다'고 생각했을 것
이다. 분명히 '좋은 남편이 되겠다'고 결심했을 것이다.

하지만 지금은 어떠한가?

그때를 기억하는가

당신은 사랑으로 인생의 환희를 느꼈던 순간들을 기억하
고 있는가? 정답게 손을 잡고, 달콤하게 키스를 하고, 힘차
게 포옹을 하면서 서로가 서로를 원했던 그때를…….

우리는 단조로움 속에서 길을 잃는다

서로 알게 된 지 8년 만에
(잘 알고 있었다 해도 좋다.)
갑자기 애정이 없어졌다.
남들이 모자나 스틱을 잃어버리듯이 두 사람은
서글피 여기며 명랑하게 서로들 속삭였다.
아무 일도 없었다는 듯이 키스를 해보았다.
그러고는 서로 마주보며 난처해졌다.

그러자 마지막에 그녀가 울었다.
그동안 그는 서 있었다.

—케스트러* 〈즉물적(即物的)인 시(詩)〉

사람은 변덕스럽다. 변덕스런 두 사람이 만나 꾸리게 되
는 가정은 흰옷을 입었을 때 꿈꾸던 장밋빛 환상과는 거리
가 멀다. 행복하고 기쁨에 충만된 날보다 거칠고 어둡고 비
바람이 세게 몰아치는 날들이 꽤 많고, 어제가 오늘 같고 오
늘이 어제 같은 단조로운 날들이 더욱 많다.

단조로운 생활 속에서 매일 만나는 사람 역시 단조로울
뿐이다. 넘치는 사랑과 행복도 그 속에서 지내다보면, 그 역
시 단조로움이 되어 버린다.

부부는 단조로움을 견디기 위하여 싸운다! ?

단조로운 일상 생활 속에서 우리는 곧잘 길을 잃게 된다.
평안(平安)하고 갈등없는 삶이 어쩐지 따분하여 견디지 못하
기 때문에 인간들은 변덕을 부린다.

둘 이상만 모이면 '반드시'라고 할 수 있는 정도로 갈등
관계가 성립되는 것이 인간 사회의 본질이다. 여기에서 그
누구도 예외가 될 수는 없다. 정도의 차이는 있을지 몰라도
갈등없는 가정은 없다. 겉으로는 무척 단란해 보이지만 찬
찬히 속을 들여다보면 저마다의 가정마다 갈등이 있고 아픔
이 있다. 사랑하는 사람들 사이에도 찬바람이 스치어 가기

도 하고 속을 후벼파는 아픔을 피차에 느끼게 되기도 한다.
하기야 《성경》에 나타나는 가정들도 평온치만은 못했다.
아담과 하와, 아브라함의 가정, 이삭 · 야곱의 가정, 모세의
가정 등등 어느 가정 하나 평온 무사히 살아온 가정은 쉽게
찾아볼 수 없다. 심지어 예수님의 동생들과 어머니도 예수
님을 이해하기 힘들어 한 것을 볼 수 있다.
　어찌보면 이러한 갈등은 단조로움을 견디지 못하는 인간
이란 생물만이 지니는 숙명이라 할 수 있다.
　사랑하다 미워하고, 미워하다 다시 사랑하는 것, 싸우고
화해하는 것, 상대에게 실망하다 다시 희망을 가지게 되는
것 — 이 모든 것이 단조로움을 견뎌내기 위한 방편이 아닐
까?

---

*프레베르(prévert, Jacques):프랑스의 시인. 쉬르레알리스의 한 사람. 시집 《파
롤》로써 일약 민중 시인으로서의 인기를 얻음. J.코스마에 의해 샹송으로 작곡
된 〈고엽 · 枯葉〉이 유명함. (1900~77)

*케스트러(koestler, Arther):헝가리의 작가. 공산당에서 탈당하여 독재 국가의 암흑을
그린 《대낮의 암흑》으로 일약 문명(文名)을 울렸다. (1905~83)

이혼, 그리고 그 후

'호모 자펜스'라는 인간형

"병든 후에야 비로소 건강이 보배인 줄 알고, 난세에 처한 뒤에야 평화가 복됨을 생각하는 것은 지혜라고 할 바가 못된다. 복을 구하기에 앞서 그것이 재앙의 근본이 됨을 알며, 생을 탐하기에 앞서 그것이 죽음의 원인이 됨을 아는 것이야말로 뛰어난 지혜가 아니겠는가."

《채근담·菜根譚》에 나와 있는 말이다. 이 말이 의미하는 것처럼 인간에게 행복의 소중함을 깨우쳐주는 것은 불행이다. 불행에 처했을 때 인간은 비로소 행복이란 추상 명사를 헤아리게 된다.

'94 통계청이 발표한 〈우리 나라 가정 현황〉에 따르면 지난 20년간 우리 나라 이혼 건수는 4.8배 늘어났고, 이혼까지 평균 기간은 8.4년으로 세계에서 가장 짧았다.

이혼 부부의 연령층을 분석하면 20, 30대 부부들이 압도적인 우위를 점하고 있는데, 보통 전체의 70퍼센트 수준에 해당된다. 얼마 살아보지도 않고 성급히 이혼하는 단기(短期) 부부들이 이혼을 주도하고 있다는 이야기이다.

최근 프랑스에서 나온 격년감(隔年鑑) 《프랑스코스코피 ' 95》에 '호모 자펜스(Homo zappens)'라는 말이 나온다. 현대의 신인류(新人類)를 규정하는 말인데, 여기서 '자펜스'란 말은 리모컨을 가지고 TV 체널을 이리저리 바꾼다는 뜻을 가진 '잽(Zap)' 또는 '재핑(Zapping)'의 라틴어 표기이다.

리모컨을 가지고 TV 체널을 바꾸는 것은 누워서 떡먹기보다 훨씬 쉽다. 어떤 프로가 조금만 재미없으면 즉각 다른 프로로 바꾸는데 단 일초도 걸리지 않는다. 몸을 움직일 필요도 없기 때문에 귀찮거나 번거롭지도 않다. 그래서 초라니 방정을 떨듯 체널을 이리저리 바꾸는 것이다.

호모 자펜스의 인간형은 자기 중심적이고 찰나적이다. 따분한 것을 참지 못하고 유행에 민감하다. 감정에 기복이 크고 변화를 즐긴다. 따라서 이들의 관심사는 지속적이지 못하다. 사랑도 우정도 존경도 그들의 감정에 따라 춤을 춘다.

오늘은 뜨겁게 사랑하다 내일은 차갑게 헤어질 수 있다는 의식 구조를 가지고 있기에 결혼과 이혼을 쉽게쉽게 해치운다.

이혼자들의 일반적인 특색

근 십여 년 동안 나의 관심사는 이혼 문제에서 떠난 적이 없다. 이 기간 동안 나는 수많은 자료를 스크랩하고, 많은 사람들과 만나 심층 토론했다. 또 실제로 이혼한 사람들을 만나 진솔한 이야기를 나누었다.

지금 나의 책상에는 이혼의 늪을 건넌 사람들의 가슴 아픈 사연을 가득 담고 있는 기록들이 쌓여 있다. 책으로 엮는다면 족히 두세 권의 단행본을 엮을 수 있는 분량이다.

나는 이혼한 사람들을 만나면서 놀라운 사실들을 몇 가지 발견했다. 그중 세 가지만 말하면 다음과 같다.

첫째, 어느 정도 시간이 지난 후 너나없이 후회한다.

둘째, 심한 우울증에 시달린다.

셋째, 재혼을 하더라도 다시 이혼할 확률이 높다.

이혼 직후의 사람들은 상대방에 대한 적개심이 매우 강하다. 상대의 이름을 듣는 것만으로도 민감한 반응을 일으키며 굉장히 극적인 얘기를 한다. 그러나 그런 감정은 대체로 시간이 흐르면서 희석되어 마침내는 아주 사소한 일이 남는다.

"그때 참았어야 했는데……."

격한 감정이 머물던 자리에 후회가 밀려들게 된다. 이때는 상대의 잘못을 탓하기보다는 자신의 잘못을 더 아프게 자책하는 마음이 일게 된다.

우울증은 이러한 과정을 거치면서 발생하는 병이다. 이혼만 하면 더 나은 미래가 펼쳐질 것이라는 믿음이 있었는데, 더 나은 미래가 생각처럼 쉽게 얻어지지는 않는다.

현실과 이상 사이에는 항상 괴리감이 존재한다. 이 괴리감이 사람을 실망시키고 지치게 한다. 삶에 회의를 느끼게 하고 의욕을 잃게 하여 자살로 이어지게 하는 경향이 강하다. 이것은 필자가 괜히 겁주려고 꾸며낸 터무니없는 말

이 아니다. 최근에 발표한 미국의 연구 결과 보고에 의하면
이혼한 여성의 자살률이 일반 가정 부인의 3.5배에 이른다
는 통계가 나왔다.

이혼자들의 심리 상태

인간에게 있어서 자기가 직접 체험한 것이 가장 큰 진실
로 믿어지는 법이다. 자기가 직접 체험하지 않으면 그것은
다만 남의 일일 뿐이다. 그래서 경험자가 그것을 경고하고
충고했음에도 불구하고 불행에 빠져들고 만다. 참으로 안타
까운 일이다.

나는 이혼한 사람들의 우울증 증상을 직접 보고 겪었다.
그들의 심리 상태는 매우 복잡한데, 크게 극단적인 인간 혐
오증을 나타내는 경우와 극단적인 회의(懷疑)에 빠져드는 것
으로 대별할 수 있다.

나는 극단적인 두 유형을 여기에 약간 언급하고자 한다.

명문 여대 국문과를 졸업한 K양은 내가 재직하고 있던 출
판사의 편집 사원으로 입사를 했다. 시인(詩人)을 지망하는
아가씨로서 편집일에 의욕이 대단했다.

나는 K양과 3년이 넘도록 함께 일했다. 서로 눈빛만 보아
도 뜻이 통할 만큼 손발이 맞았다. 그러므로 내가 그녀의 성
격을 잘못 판단했을 가능성이 극히 적다는 전제 아래 그녀
를 이야기하려고 한다.

K양은 성격이 좋았다. 조용하면서도 상냥했다. 쉽게 들뜨
지 않으면서도 긍정적인 사고를 하는 아가씨였다.

결혼 날짜를 받은 K양은 나에게 무척 미안해 했다. 일을

계속하고 싶지만 결혼 상대가 싫어하기 때문에 일을 할 수 없다며 안타까워 했다.

나와 K양은 '여성과 직업'에 대하여 많은 이야기를 했다. 나는 '여성이 꼭 직업을 가져야 하는가'에 대하여 문제를 제기했다. 직업 여성 중에는 자기의 일에 만족하는 경우보다 불만족인 경우가 월등히 많다는 것을 실례를 들어가며 설명했다. 그런 다음 직업을 갖지 않는다면 더욱 바람직한 목표를 세우고 정진할 수 있다는 나의 지론을 피력했다. 또한 그것이 여성이기에 누릴 수 있는 특권이라고 말했다. 이 생각은 지금도 변함이 없다.

"직장에 얽매이지 않고 자기의 길에 몰두할 수 있다는 것이 얼마나 큰 축복입니까? 가사를 돌보면서 열심히 문학 공부를 하세요."

K양은 나의 말에 수긍을 했다. 과연 그렇다고 말했었다.

그녀는 신혼 초에 가끔씩 전화를 했다. 나는 전화를 통하여 그녀의 행복을 확인했다. 아름답고 현명한 여성이기 때문에 행복한 가정을 꾸리는 것은 당연하다는 것이 나의 믿음이었다.

그런데 결혼 후 4개월쯤 되었을 무렵부터 연락이 뚝 끊겼다. 그 후 1년쯤 지났을 때 그녀는 내 앞에 모습을 나타냈다.

결혼 8개월 만에 합의 이혼한 그녀는 거짓말처럼 명랑했다. 나는 그녀의 아픈 상처를 건드리지 않으려고 아무 말도 묻지 않았고, 그녀도 그 사항에 대해서는 입을 다물었다.

다시 나와 일을 하게 된 그녀는 무섭도록 일에 몰두했다. 마치 전투하는 병사처럼 치열하게 일과 씨름을 했다.

"대단해요."

어느 날 문득 그녀가 이런 말을 했다.

"뭐가요?"

나는 난데없는 그 말을 이해할 수 없었다. 영문을 몰라 어리둥절하고 있자 그녀가 말했다.

"결혼 생활을 몇십 년씩 유지하는 사람들 말예요."

그녀는 결혼 생활이 '인내력의 시험장'이라고 했다. 웃으면서 그 말을 했지만, 나는 그 웃음을 곧이곧대로 믿을 수 없었다.

그날 밤 나는 그녀를 술집으로 이끌었다.

그녀는 술잔을 거부하지 않고 마셨다. 취기가 오르면서 그녀는 말이 많아졌다.

"한 번 사랑하면 영원히 사랑할 수 있는 줄로 알았어요. 그러나……."

그녀는 사랑을 허상(虛像)이라고 말했다. 그러면서 남자에 대한 노골적인 혐오감을 드러냈다. 이때 나는 그녀의 불안한 정서를 보았다. 그녀의 이혼 사유가 남편의 문란한 여자 관계에 있었다는 사실을 그때 비로소 알게 되었다.

그녀는 주위의 눈총이 가장 견디기 힘들다고 했다. 부모와 형제, 절친한 친구들과 이웃들의 시선 — 그녀는 '애련(哀憐)의 정'을 담고 있는 시선이라고 표현했다 — 을 대하는 것이 죽고 싶을 만큼 부담스럽다고 했다. 그래서 그녀는 부모 형제와도 거리를 두고 있었다. 절친한 친구들도 만나고 싶지 않다고 했다.

나는 그녀의 고통을 짐작하고 있었지만, 내가 생각했던 것보다 고통의 강도는 더욱 심했다.

그녀는 당당하게 살고 싶다고 했다. 자신을 동정하는 사람들에게 자신의 결단—이혼—이 옳았다는 것을 보란듯이 증명해 보이고 싶다고 했다. 그로부터 얼마의 세월이 지난 어느 날 그녀는 훌쩍 유학을 떠났다. 이 땅이 싫어서 떠난다고 했다.

내가 그녀의 존재를 거의 잊고 있었을 때, 그녀는 다시 내 앞에 나타났다. 한층 성숙된 모습으로.

그녀는 학자로 변신하여 대학 강단에 섰고, 문학적 재능을 살려 작가로서의 명성도 얻었다. 이혼의 상처를 완전히 치유한 모습이었다.

그러나 한 번 남자를 알아버린 여자, 여자를 알아버린 남자는 홀로 지내는 것이 어렵다고 한다. 아마도 홀로 지내는 시간이 너무 외롭고, 쓸쓸하고, 무료하기 때문이리라. 여기에 다른 이유도 포함시킬 수 있으리라.

그녀는 재혼을 했다. 그 상대와 결혼에 이르기까지 그녀는 마음의 갈피를 잡지 못했다. 실패의 경험이 그녀를 망설이게 하는 것 같았다.

"사랑한다면 주저하지 말아요. 세상에는 좋은 사람들이 더 많아요."

나는 열심히 그녀를 설득했다. 결단에 대한 용기를 북돋아 주려고 노력했다.

그녀가 재혼으로 인하여 또다시 상처를 입었을 때 나는 죄스럽기 그지없었다. 내가 그녀를 설득했던 말들이 너무도 후회스러웠다.

그리고 나는 그녀를 통하여 한가지 사실을 알게 되었다. 여성이 배우자를 선택하는 관점을 알게 된 것이다.

'여성이 원하는 배우자의 조건은 과연 어디에 가장 중점을 두는가?' 나는 이것이 몹시도 궁금했다. 여러 사람들에게 물었다. 다양한 의견이 나왔지만, 어느 심리학과 교수의 말이 가장 그럴 듯했다.

"여성은 결혼 상대를 구할 때 자기가 만족하는 상대라는 이유만으로는 부족하지요. 자기가 만족하는 것을 주위 사람들, 특히 친한 친구들이 인정해 주어야 하지요. 남편과 외출을 할 때, 친구들과의 모임에 참석했을 때 다른 사람이 그 남자를 어떻게 보아줄 것인가를 계산한다는 것이지요. 그래서 남자의 내면적인 것보다는 외면적인 모습에 더 치중을 하는 것이지요."

과연 그런가? K양이 결혼했던 남자들 역시 외모만큼은 훌륭했다. 동성인 내가 봐도 부러움을 느낄 정도였던 것이다.

이제 30대 중반에 이르는 그녀는 그냥저냥 살고 있다. 죽지 못하니까 산다는 식의 체념에 몸을 맡기고 있다.

삶의 목표와 의욕을 상실한 채 나날이 몸과 마음을 망가뜨리고 있는 그녀를 볼 때마다 나는 이혼의 병폐를 생각한다. 섣부른 이혼이 한 인간을 얼마나 황폐화시키는 것인가를.

말없이 눈물을 흘리며 수년간 만날 기약도 없이
터질 듯한 가슴 안고 우리들 헤어질 때
그대 뺨 파리해지고 그대 키스는 더욱 차디차
아아, 참으로 그 한때는 오늘의 슬픔을 예고한 것이었다.
아침 이슬 한 방울 내 이마에 떨어져 선뜻 그것은 오늘의

슬픔을
　미리 예고한 것이리다.
　그대 맹세 모두가 허사되고, 그대 명예 땅에 떨어져
　그대 이름 사람의 입에 오를 때
　나 역시 부끄러운 생각이 든다.
　내 앞에서 사람들이 그대 이름 부르면
　내 귀에는 장례(葬禮)의 종소리로 들리고, 내 몸마저 부르
르 떨린다.
　어찌하여 이토록 그대가 그리운가?
　사람들은 그대 마음 모르고, 그대 마음 잘 아는 나는 언제
까지나 언제까지나
　그대를 원망하리라, 말로써 다할 수 없는 원망을…….
　남 몰래 우리는 만나 말없이 나는 슬퍼한다.
　나를 잊은 그대 마음을, 거짓에 찬 그대 마음을
　오랜 세월이 지난 후
　혹시 그대를 만나면
　나는 그대에게 무엇을 말하리?
　말없이 눈물 흘리리라.
　　─G. G. 바이런 〈두 사람이 헤어졌을 때〉

연애 감정과 결혼생활의 차이

반하면 곰보도 절세 미인으로 보인다

스탕달의 《연애론》이란 유명한 책을 읽은 사람은 독자들 중에도 많을 것이다. 또한 그 《연애론》 속에 곧잘 되풀이되는 '결정 작용(結晶作用)'이라는 낱말을 기억하고 있는 사람도 많을 것이다.

결정 작용이란 탄갱(炭坑) 속에 던져진 마른 나뭇가지가 염분(鹽分)의 결정 작용을 받아 마치 꽃이 달린 잔가지처럼 변하는 것을 말한다. 스탕달은 이 변화를 연애 심리 속에도 적용해 본 것이다.

쉽게 말하면 그것은 다음과 같은 것이다.

당신은 누군가를 사랑하게 된다. 그러자 그 사람이 행하는 일, 말하는 것 모두가 아름답고 훌륭하게 보인다. 그 사람의 결점도 때로는 장점으로 보인다. 성격의 횡포함도 남자답다고 여겨지며, 소극적인 무기력함도 점잖다고 보아 후한 점수를 주게 된다.

혼히 말하는 "반하면 곰보도 절세 미인으로 보인다."라는
속담은 이러한 연애 심리에서의 결정 작용을 가리키고 있는
것이다. 상대방을 미화하여 생각하는 마음은 사랑을 해본
사람으로서는 어쩔 수 없는 심리이다. 이것은 상대방에게
지나치게 도취한 데서 비롯된다.

우리는 그 예를 여러 가지 경우에서 찾아볼 수 있다. 나는
여기서 독자들도 읽었을 앙드레 지드의 《좁은 문》을 예로 들
겠다.

《좁은 문》이 우리에게 말하는 것

《좁은 문》은 '적어도 겉으로 보기에는 달콤하고 순수한
연애를 묘사'하고 있다. 독자들 중에도 이 책을 읽고는 황홀
한 감격에 젖은 사람이 많을 것이다.

소설의 주인공인 제롬은 어릴 때부터 몸이 허약한 반면
공부하기를 좋아하는 청년이었다. 그는 사촌 여동생인 알리
사를 이 세상에게 가장 깨끗하고 아름다운 여성이라 생각
한다.

알리사는 다소 우수가 깃든 넓은 이마를 가진 처녀이다.
가정적으로 별로 행복하지 못한 그녀의 얼굴에는 어딘지 모
르게 쓸쓸한 그늘이 어려 있다. 그 알리사에 대한 제롬의 동
정은 어느 틈에 사모의 정으로 변해 간다.

쓸쓸한 듯한 알리사를 행복하게 해주는 일, 그녀에게 어
울리는 훌륭한 남자가 되려고 제롬은 혼자 결심을 한다. '둘
이서 손을 잡고 영광스런 하느님의 세계로 가는 것, 그렇게
하기 위해서는 지혜와 더불어 바른 마음의 소유자가 되어야

한다.' 이것이 제롬의 생각이었다.

처음에 알리사는 제롬의 순수한 사랑에 응하는 듯하였다. 그러나 운명의 장난이라고나 할까, 그녀는 우연히 자기의 동생 쥬리에트가 제롬을 사랑하고 있음을 알게 된다.

쥬리에트는 자기를 위하여 물러서기로 결심한 언니의 마음을 알고 갈등에 휩싸인다. 그러다가 그녀는 별로 사랑하지도 않는 상인과 맞선을 보고 결혼해 버린다.

여기까지가 이 소설의 제1부라 할 수 있는 줄거리이다.

제2부는 쥬리에트의 결혼 후 다시 가까워졌다가 떨어지지 않을 수 없는 야릇한 숙명을 지닌 알리사와 제롬의 사랑이 아름다운 북부 프랑스의 풍경을 배경으로 그려진다.

알리사는 이렇게 생각한다.

'제롬은 나와 함께 손을 맞잡고 보다 훌륭한 인생을 걸어가려 한다. 보다 높은 세계로 들어가려 한다. 하지만 만일 제롬이 강한 사람이라면 나의 도움을 받거나 위로를 받으면서 인생을 걸어갈 필요는 없지 않을까? 아니, 제롬으로 하여금 훌륭한 인생을 걸어가게 하기 위해서는 내가 도리어 방해가 되지 않을까?'

제롬은 이러한 알리사의 불안을 눈치채지 못하고 있다. 그의 마음속에는 알리사가 더욱더 맑고 성녀(聖女)처럼 미화되어 간다. 그에게 있어서 알리사를 사모한다는 것이, 곧 자신의 마음을 순수하게 만들어 가는 일이라는 믿음을 갖게 된다.

그러한 제롬을 알리사는 사랑하면서도 끝내 떠나가려 한다. 천국(天國), 즉 가장 높은 이상의 세계로 통하는 문은 둘이서 들어가기에는 너무 '좁디 좁은 문'이라고 그녀는 생각하는 것이다.

제롬을 사랑하기 때문에 그녀는 물러나 그와 헤어지고 홀로 고독한 여행을 떠났다가 죽고 만다.

그토록 사모했던 알리사가 죽은 후 제롬은 평생 그녀의 환영을 뒤좇고 사모하면서 살아간다.

이것이 유명한 《좁은 문》의 줄거리인데, 줄거리만 이야기 해서는 아무런 의의가 없을 것이다.

나는 앞에서 '적어도 겉으로 보기에는 달콤하고 순수한 연애를 묘사'하고 있다고 말했다. 사실 이 소설이 발표되었던 당시 프랑스의 많은 비평가들은 너무나도 아름다운 작품이라고 격찬하였다.

그러나 이 작품을 놓고 곰곰이 생각해 보면 우리에게 여러 가지 의문을 일으키게 한다. 지드는 표면상으로는 제롬과 알리사의 기막히게 아름다운 연애를 그럴싸하게 묘사하면서도 실은 이 두 사람의 비극을 비웃고 있지나 않았을까 하는 생각마저 드는 것이다.

먼저 다음과 같은 점부터 살펴보자.

제롬은 알리사를 이 세상에서 가장 아름답고 순결한 여성이라고 믿고 있다. 즉 연애 심리 가운데서 피할 수 없는 결정작용을 활동시키고 있는 것이다. 상대를 미화하여 생각하는 일, 이것은 사랑을 해본 사람의 어쩔 수 없는 심리 작용이지만, 이때 상대방은 어떠한 마음을 가지게 될까? 이 점을 여러분은 가슴에 손을 대고 깊이 생각해 주었으면 한다.

연애에는 마스크(가면)가 곁들기 마련이다. 사랑하는 사람에게 잘 보이고 싶다, 아름다운 여자로 보이고 싶다, 마음이 착한 사람이라고 인정받고 싶다.

이것은 누구나가 원하는 희망이다. 그렇기 때문에 이때 연인들은 자기의 얼굴에 실물 이상의 마스크를 덮어 쓴다. 뻐기기도 하고 힘이 센 체하기도 한다. 자신이 넘치는 시늉을 해보이는가 하면 믿음직스런 남자로 보이도록 거동을 취함으로써, 말하자면 현실 이상의 발돋움을 하는 것이다.

알리사는 제롬으로부터 마음이 맑은 여자, 순결한 여자로 보여질 때마다 그에게 환멸감을 주지 않기 위해서도 애써 그렇게 행동했음에 틀림없으리라. 이러한 여자의 마음은 여러분도 이해할 수 있으리라.

여러분도 연애에 도취되어 있었을 때 필히 상대자가 꿈꾸는 마스크를 썼을 것이다.

그러나 그것이 너무 오래 계속되고 너무 자주 반복될 때 갑자기 불안해진다.

'저 사람은 나를 지나치게 미화하고 있다. 나는 저 사람이 생각하듯이 그렇게 아름답지는 않다. 마음이 고운 여자도 아니다. 나는 보통의 평범한 여자다. 있는 그대로의 모습을 보면 실망하지 않을까?'

그렇다, 알리사도 보통의 평범한 여자에 불과했다. 가능하다면 그녀는 제롬으로부터 보통 아가씨, 평범한 아가씨로서 사랑받고 싶었다. 장점과 아울러 약점도 있다는 것을 제롬이 인정하고, 있는 그대로의 모습을 사랑해 주기를 바라고 있었음이 분명하다.

그럼에도 불구하고 제롬의 결정 작용은 그녀에게 이것을 허용하지 않았던 것이다.

'제롬은 나를 이 세상에서 둘도 없는 성스러운 여자라고 생각하고 있다. 그렇지만 나는 그런 여자가 못된다. 만약 그

가 이러한 실상을 알게 된다면 틀림없이 나를 버릴 것이다.'

알리사는 이러한 불안 때문에 늘 괴로워했을 것이다. 제롬을 실망시키지 않기 위해 그녀는 무리한 발돋움을 언제까지나 계속해야만 하였다. 성녀(聖女)라는 마스크를 벗어 버릴수가 없었던 것이다.

이때 제롬이 진정한 뜻에서 남자다웠다면 아마도 그녀는 구제되었을지 모른다. 예컨대 — 이것은 매우 달갑지 않은 표현이지만 — 그가 알리사의 육체를 요구했더라면 알리사는 틀림없이 안도의 숨을 내쉬었을 것이다.

그럼에도 불구하고 제롬은 꿈만을 좇는 청년이며 너무나도 이상주의적인 남자였기에 알리사에게 육욕 따위는 전연 느끼지 않았던 것이다.

마침내 알리사는 지치기 시작했다. 오랫동안의 무리한 발돋움에서 참을 수가 없어진 것이다.

이 소설의 결말에 이를 무렵부터 알리사는 차차 제롬에게 비판적이 되고 가시 돋힌 말까지 하는 것은 바로 그 때문이다. 하지만 제롬은 여전히 자기의 결정 작용과 도취 감정이 불러일으킨 비극을 깨닫지 못한다.

알리사는 끝내 제롬과 이별을 하고 혼자 외로운 길손이 된다. 그녀는 사랑했던 제롬을 깨끗이 잊을 수는 없다. 그렇지만 다시 그에게로 돌아가 고통스런 발돋움을 되풀이하는 것도 자신이 없다. 사랑이 막다른 골목에 이른 알리사는 결국 고독만을 안은 채 생을 마감한다.

이 소설의 마지막에 매우 의미 심장한 장면이 나온다. 알리사가 죽은지 십여 년이 지난 후 아직도 그녀의 환영을 좇고 있는 제롬이 알리사의 동생인 쥬리에트를 방문하는 장면

이다. 쥬리에트는 이미 당당한 주부로서 몇 명의 아이를 가
진 어머니가 되어 있다.

두 사람이 저녁 어스름이 깔리는 방안에서 얼마 동안 죽
은 알리사의 이야기를 계속한다.

"아직도 알리사를 생각하시나요?"

쥬리에트가 묻자 제롬이 대답한다.

"잊을래야 잊을 수가 없어요."

이때 쥬리에트는 얼굴을 두 손으로 감싸며 울고 있는 듯
하다가 이윽고 이런 말을 한다.

"이제 눈을 뜨지 않으면 안됩니다."

이 마지막 말은 얼핏 아무렇지 않게 읽어 넘길 대목일 수
도 있다. 그러나 알고 보면 이 말이 《좁은 문》이 담고 있는
핵심이라 할 수 있는 가장 중요한 대사이다. 이 대사를 빠뜨
리고 지나가면 우리는 《좁은 문》을 오독(誤讀)하게 될 뿐 아
니라 지드의 비꼼이 여기에 담겨져 있는 사실도 깨닫지 못
할 것이다.

연애의 극단적인 미화 작용과 결정 작용 때문에 연인 알
리사를 비극으로 몰고 간 제롬은 아직도 깨닫지 못한다. 그
는 알리사가 죽은 후에도 자기들의 연애가 세상에서 둘도
없는 것이라 믿고 있는 것이다. 이 무지, 이 무감각으로부터
'이제는 어서 속히 눈을 뜨지 않으면 안된다'고 쥬리에트는
비꼼과 노여움을 담아 중얼거렸던 것이다.

쥬리에트의 이 말은 '알리사를 죽게 한 것이 당신이었음
을 아직도 모르나요'라는 원한에 찬 말인 것이다.

연애에는 아무래도 도취나 미화 작용이 필요하다. 왜냐하
면 그것이 없으면 연애는 성립되지 못할 것이기 때문이다.

그러나 그것이 극단으로 흐르면 이와 같은 비극에 이르게
된다는 것을 《좁은 문》은 우리에게 가르쳐 주고 있다.

다시 쓰는 사랑의 정의

내가 스탕달의 《연애론》과 앙드레 지드의 《좁은 문》을 길게 서술한 이유를 여러분은 이미 눈치 채고 있을 것이다.

나는 이혼한 사람들을 만나 이야기를 하면서 그들이 참사랑의 의미가 무엇인지를 알지 못하고 있다는 결론을 얻었다. 모두가 입으로는 사랑을 말하면서도 사랑에 대한 이해가 턱없이 부족했고, 사랑의 의의를 깨닫지 못하고 있었던 것이다.

이혼의 늪을 건넌 사람들은 《좁은 문》 속의 제롬처럼 연애의 이상적(理想的)인 점만을 생각했다. 도취된 감정에서 상대를 미화했다. 함께 산다면 향기가 가득찬 장밋빛 성곽에서 영원히 행복할 것만을 생각했다.

아아! 그러나 인생이 어찌 반짝이는 별빛일 수만 있으랴.

독일의 작가 헤르만 헤세는 이렇게 말했다.

"사랑이란 우리를 행복하게 만들기 위해서만 존재하는 것
이 아니다. 사람들의 마음속에 고뇌와 인내를 깨닫게 하기
위해서 존재한다."

세상의 물정을 조금 알게 된 나는 이 말이 참으로 지당한
말이라는 것을 안다. 그래서 나는 세상에서 가장 명쾌한 사
랑의 정의를 여러분에게 들려주고자 한다. 여러분도 이미
알고 있는 내용이다. 엄밀히 .따지면 세상에는 새로운 것이
라고는 하나도 없다.

사랑은 오래 참고 친절하며
사랑은 시기하지 아니하며
사랑은 자랑하지 아니하며
교만하지 아니하며
성을 내지 아니하며
앙심을 품지 아니하며
불의를 기뻐하지 아니하며
진리와 함께 기뻐하고

모든 것을 덮어 주며
모든 것을 믿으며
모든 것을 바라며
모든 것을 견디어 낸다
사랑은 가질 줄을 모르나
예언도 사라지고
방언도 그치고
지식도 사라진다.

그러므로 믿음, 희망, 사랑, 이 세 가지는 항상 있는데 그중에서
가장 위대한 것은 사랑이다.

—바울 〈사랑〉, 고린도전서 13 : 4~13.

성경의 고린도 전서는 '사랑의 장'이라고 하여 유명하다. 이 대목을 암송하고 있는 사람도 많다. 그러나 고린도 전서 적 사랑을 실천하고 있는 사람은 드문 것 같다.

솔직히 고백하여 나는 연애 경험이 풍부하다. 결혼 전에 나는 많은 여성과 연애에 빠졌고, 그때마다 나는 연애 상대를 사랑한다고 믿었다.

나는 한밤중에도 그녀가 보고 싶으면 참을 수 없었다. 밤을 하얗게 지새우면서 편지를 쓰는 날이 많았고, 때로는 무턱대고 그녀의 집앞까지 찾아가서 날이 새기를 기다렸다.

어느 추운 겨울, 우설(雨雪)이 몹시도 휘몰아치는 밤이었다. 새벽 두시경에 문득 잠에서 깨어난 나는 연애하던 상대가 보고 싶어 견딜 수가 없었다.

해남읍(海南邑)에서 대흥사(大興寺)까지는 약 12km의 거리가 떨어져 있었다. 통금(通禁)이 있던 때라서 교통이 끊긴지는 이미 오래였다. 나는 마치 무엇에 홀린 사람처럼 국도를 따라 대흥사를 향해 걸었다. 숲과 들길로 이어지는 국도변에는 공동 묘지가 있고, 곳곳에 처녀 총각을 묻은 장소가 있어 밤길이 무서운 곳이었다. 귀신에 홀려 큰 불행을 당한 사람들에 관한 많은 이야기를 가지고 있는 그런 섬뜩한 밤길이었다. 그런 것도 게의치 않고 나는 앞에서 휘몰아치는 혹독한 우설을 맞으면서 걷고 걸었다.

새벽 5시가 넘어서야 대흥사에 도착한 나는 불꺼진 그녀의 집 주위를 서성거리면서 살을 에이는 추위와 필사적으로 싸웠다.

"미, 미쳤군요. 이렇게 추운 날씨에……."

날이 밝은 후에 꽁꽁 얼어 있는 나를 본 그녀는 울먹이면서 미쳤다고 말했다. 그러나 나의 그 무모한 행위를 뜨거운 사랑으로 받아들였음은 분명했다. 물론 나도 그러한 행위를 사랑이라고 믿었다. 추호도 의심하지 않았다.

그러나 이제와서 생각해 보면 — 철이 들고 정열이 식은 탓도 있겠지만 — 나의 그러한 행위들은 진정한 사랑이 아니었다. 사랑이란 미명(美名)을 입힌 정열이었고 집착(執着)에 불과했다.

연애 중의 뜨거운 가슴의 두근거림, 괴로움, 안타까움은 사랑이 아니라 정열에 불과한 것이다. 사랑이란 그토록 뜨거운 불꽃과 같은 것은 아니다. 이보다 훨씬 가라앉고 차분한 것이다.

사랑이란 먼저 의지(意志)이며, 인내이며, 노력이다. 두 남녀가 가정이나 생활의 운명을 함께 하면서 기쁨과 슬픔을 공유하는 가운데 자라나는 것이다. 그것은 연애의 정열처럼 본능적인 것, 충동적인 것이 아니라 의지와 노력에 의하여 생겨나는 것이다.

부부애에 대하여

부부란 긴 대화이다

철학자 니체는 그의 저서 《인간적인, 너무나 인간적인》이란 책 속에 '부부란 긴 대화이다'라고 딱 잘라 그 본질을 설명하고 있다.

나는 니체의 이 말을 절대 수긍하고 있다. 그리고 부부간의 긴 대화야 말로 진정한 부부애(夫婦愛), 즉 사랑이라 믿게 되었다.

연애 때의 감정과 정열은 영속성을 지니지 못한다. 결혼과 함께 연애 때의 감정과 정열은 시나브로 사그라든다. 어떤 의미에서 결혼은 연애의 몰락(沒落)이라 할 수 있는데, 이것은 니체가 지적한 대로 단순한 몰락이 아니라 한층 차원 높은 것으로 전생(轉生)하기 위한 연애의 몰락인 것이다.

결혼 생활은 연애와 같이 달콤하게 도취시키는 것은 없다. 그러나 자잘한 일상 속에서 깊이 되씹을 수 있는 절실한 숨은 맛이 있는 것이다.

부부애는 알게 모르게 조용하면서도 시끄럽게 쌓이는 것
이다. 한 천번쯤 상대에게 실망하면서 쌓이는 것이다. 한 천
번쯤 갈등하고 화해하는 과정에서 쌓이는 것이다. 한 천번
쯤 상대방을 울게 하고 웃게 하면서 쌓이는 것이다.

다른 한쪽에게 기쁨을 주고 슬픔을 주고, 기대감을 주고
실망을 주고, 믿음을 주고 불안감을 주면서 조금씩 조금씩
함께 키운 애증(愛憎)의 덩어리가 부부애인 것이다.

부부애라고 하는 것은 파도에 휩쓸리는 모래성처럼 힘없
이 허물어지는 것이 아니다. 다소의 좌절이나 실패가 있다
고 해서 끝장나는 것이 아니다. 수 틀리면 당장이라도 등을
돌리는 경박함이 아니다.

부부애는 인간이 생각하고 행할 수 있는 모든 것을 포용
한다. 연애 중에는 상대방의 좋은 점에 이끌려 사랑했지만,
부부로 맺어진 이상 결점까지 사랑해야 한다.

인간이 다른 인간의 결점을 이해하고 실수를 용서하는 것
은 다름이 아니다. 그 누구도 완벽한 인간은 없기 때문이다.
나 자신이 잘못을 했을 때 다른 사람의 용서를 간절히 구할
때가 있었기에 상대방을 용서하는 것이다. 나 자신이 절실
히 위로받고 싶을 때가 있었기에 상대방을 위로하는 것
이다.

부부애는 연애처럼 뜨겁지 않지만 진득하다. 화려하거나
들뜸이 없지만 진지하게 안착된 인생의 영위(營爲) 속에서
굳센 뿌리를 내리는 것이다.

진정한 부부애는 사랑의 정수(精髓)이다. 사랑에는 존경과
이해와 용서가 필요불가결한 요소이다. 모든 것이 좋을 때
사랑하는 것은 누구라도 할 수 있는 일이다. 그러나 나쁜 일

이 생겼을 때도 좋은 감정을 유지한다는 것은 힘든 일이다. 사랑은 달면 삼키고 쓰면 뱉는 것이 아니다. 달거나 쓰거나 가리지 않고 끌어안는 것이다. 모든 고통과 불행을 끌어안을 때만이 그것들이 사라지고 녹아져서 해결이 된다.

부부애는 반드시 상대에 대한 존경의 의식이 있다. 이 말의 표현을 달리하면 '네가 있음으로 내가 있고, 내가 소중함으로 너 또한 소중한 존재'라는 의식이다.

이해와 용서의 최초이자 최후의 수단은 대화이다. 인간이 이 세상에 살고 있는 한 가장 가까운 대화 상대는 부부인데, 예로부터 현대에 이르기까지 동양의 가정에서 가장 결여되어 있는 것은 부부간의 대화이다.

신혼 초기에는 서로에 대한 생활 태도가 진지하기 때문에 상대가 하는 말을 잘 듣는다. 그 내용의 신선함에 감동을 하며 상대를 파악하려고 노력을 한다.

그러나 일상 생활은 평범한 일의 반복이다. 그러는 와중에서 전에 들은 이야기가 두번 세번 나오게 되고 단점도 보이게 된다. 자기 생각이나 때로는 자기 뜻대로 통하지 않게 되면 대화는 중단되게 마련이다.

나는 이 글을 쓰기 위하여 여러 층의 사람들을 만나 부부간의 대화가 어느 정도로 있는가를 조사한 적이 있다. 통계적으로 남편이 직장에서 돌아와 잠자리에 들 때까지 이야기한 것은 10분에 못미치는데 반해 아내는 무려 2시간 이상 마구 지껄이고 있었다.

이것을 대화라고 말할 수는 없다. 아내는 흡사 벽을 보고 혼잣말을 하고 있는 것과도 같고, 남편은 소음에 시달리는 것과 같은 심리 상태가 된다.

대화라고 하면 곧 이야기를 하는 것이라고 생각하기 쉽지만, 말하는 사람과 듣는 사람이 있어야 비로소 성립하는 행위인 것이다.

여자는 작은 일도 소상하게 이야기하는 생리를 가지고 있다. 그것은 본능에 가까우므로 여자는 이야기하는 것에서 자기 만족을 느낀다. 따라서 마치 본능과도 같은 여자의 끝없는 지껄임을 빼앗아 버린다면 삶의 만족을 빼앗아 버리는 것과도 같다.

'어휴, 또 그 이야기인가!'

아내에게 같은 말을 듣는 것이 그것으로 백번째라고 생각해도 남편은 조용히 귀를 기울여줄 수 있는 아량이 있어야 부부 관계가 순탄해진다.

불교 용어로 안시(顔施)라는 말이 있다. 지금 이 사람에게 아무것도 해줄 수 없다고 생각해도 자기 얼굴의 미소만을 지워버리는 일이 없어야 한다는 뜻이다. 그리고 상대의 마음을 온화하게 해주는 것을 잊어서는 안된다고 하는 가르침이다. '이젠 알았으니 제발 그만 좀 하라'고 상대를 억압하지 말고 먼저 자기가 참아야 한다는 것이다.

이러한 인내가 부부 생활을 오래 지속시키는 최대의 비결임과 동시에 굳건한 부부애이다.

인생에는 항상 선악(善惡)이 공존하고 있다.

좋아하는 사람과 결혼을 한다. 그것은 확실히 멋있고 즐거운 일임에는 틀림없다. 그러나 우리의 인생에는 착한 마음의 이면에는 반드시 얼마간의 악이 포함되어 있게 마련이다. 이것은 빛이 있는 곳에 그림자가 있고, 행복이 있는 곳에 불행이 항상 상존하고 있는 것과도 같다.

좋아하는 사람과 짝이 되는 것은 더없이 좋은 일이지만, 그 좋은 관계를 계속 유지시키는 것은 좋은 가정을 만들려고 하는 노력에 달려 있다.

인간이 가치 있다고 생각하는 모든 것은 잃어버리기 쉽다. 사랑도 돈도 명예도 한번 얻었다고 해서 지키려는 노력을 하지 않으면 어느새 누군가에게로 가버리는 것이다. 세상의 법칙은 노력하는 자가 얻도록 되어 있다. 이것은 철리(哲理)이다.

내가 만났던 이혼자들의 대부분은 자기 주장이 강했다. 상대방에게 바라는 것은 많았는데 비하여 해주는 것은 상대적으로 적었다. 상대방이 이해해 주기를 원하면서도 자기는 상대방을 이해하지 않았다. 상대방의 결점에 분통을 터뜨리면서도 자기의 결점에 대해서는 고치려고 노력하지 않았다. 남이 저지른 과실은 예민한 양심으로 지적하지만, 자기가 범한 과실은 둔한 양심으로 변호하기에 급급했다.

나는 앞에서 '인간은 변덕스런 생물'이라고 했다. 참으로 달갑지 않은 표현이지만, 그것은 사실이기 때문에 다른 표현으로 대체할 수는 없다.

사람끼리 만나 한번 좋다고 해서 영원히 좋은 것은 아니다. 좋았다가도 일순간 싫어질 수도 있는 것이 인간 관계이다. 그런데도 연애 중의 남녀들은 그러한 사실을 인정하지 않으려 한다.

그것은 좋아한다든가 사랑하고 있다고 하는 말 앞에는 모두가 무력하게 되기 때문이다.

연애 중에는 서로가 상대방에게 몹시도 관대하다. 여자가 부엌일에 서툴다고 말해도 남자는,

"괜찮아요. 나는 당신이 만들어 주는 것이라면 무엇이든 맛있게 먹겠어요."

하고 관용의 태도를 보인다.

그러나 결혼을 하여 세월이 얼마쯤 경과된 후에까지 관용을 베푸는 남자는 매우 드물다. 그래서 곧잘 갈등을 빚게 되고, 심하면 험한 말과 표정으로 부부 싸움을 하게 된다.

부부 싸움은 칼로 물베기인가?

부부 싸움―세상에서 가장 빈번한 싸움이 이 싸움이다. 대부분의 부부들은 정말 유치하고도 치사하게 잘 싸운다. 마치 싸우기 위하여 만난 쌈닭들처럼 얼굴만 맞대면 싸우는 부부도 더러 존재한다. 게중에는 여기저기 돌아다니면서 싸우는 부부도 있다. 살림살이를 때려 부수는 유형도 있고, 소리를 높여 서로 악을 쓰는 경우도 있다. 또한 입을 꽉 다물고 냉전 상태로 돌입하는 부부도 있다.

사랑했기 때문에 결합했던 부부인데 왜 원수를 만난 것처럼 싸우는 것일까? 어찌 생각하면 재미있기도 하고 슬프기도 하다. 나는 부부 싸움에 관한 이야기가 나오면 다음에 소개하는 삽화 우려먹기를 좋아한다.

어떤 농부가 결혼 기념일 전날 친구로부터 꿩 한 마리를 선물받았다.

"여보, 우리의 결혼 기념일이라고 아무개가 꿩 한 마리를

선물했어. 암퀑이니까 내일 특별 요리로는 안성맞춤이지?"

"어머, 고맙기도 해라!"

농부의 아내는 무척 기뻐하며 요리 솜씨를 발휘하였다.

다음날 아침, 즉 결혼 기념일 아침의 식탁은 풍성했다. 맛있게 먹고 난 부부 사이에 꿩이 화제에 올랐다.

"당신, 어제 암퀑을 선물받았다고 하셨죠?"

"그래, 통통하게 살찐 암퀑이었지."

"아녜요. 제가 보니 수퀑이었어요."

"당신이 잘못 보았겠지. 분명 암퀑이었어."

"수퀑이었다니까요."

부부는 계속 수퀑이었느니 암퀑이었느니를 우겨댔다.

"허어 참, 암퀑이라는데 계속 우길 거야?"

마침내 남편이 화를 냈다. 그러자 아내도 지지 않았다.

"어휴, 답답해라. 분명히 수퀑이었다니까요."

"암퀑이었어."

"수퀑이었어요."

"암퀑!"

"수퀑!"

"암!"

"수!"

서로 한없이 우겨대던 끝에 화가 치민 농부는 벌떡 일어나 아내에게 한바탕 손찌검을 했다. 그리하여 대판 싸움이 일어났다.

그리고 한 해가 지나 다시 결혼 기념일이 되었다. 아침을 잘 먹은 부부는 느긋한 마음으로 지난 세월을 회상했다.

"여보, 작년에 있었던 일 생각나우?"

아내의 물음에 남편은 고개를 갸우뚱거렸다.

"당신이 그때 괜히 수퀑을 암퀑이라고 우기다가 절 때렸잖아요."

"아니, 아직도 수퀑이라고 우기는 거야?"

"그래요. 분명히 수퀑이었어요."

"이 사람아, 우길 것을 우겨야지. 그건 분명 암퀑이었어."

"천만에 말씀, 요리하면서 보니까 수퀑이더란 말예요."

"제발 그만 좀 우겨! 그 꿩은 암퀑이었어."

"우기는 것이 아녜요. 수퀑이었어요."

이렇게 암퀑 수퀑타령을 계속 하다가 결국엔 또다시 치고 할퀴는 부부 싸움이 벌어졌다.

이듬해도 또 그 이듬해도 그들 부부는 결혼 기념일만 되면 암퀑 수퀑을 우기다가 부부 싸움을 하였고, 무덤에 묻힐 때까지 이 싸움은 그치지 않았다고 한다.

이 삽화를 읽고 웃는 사람이 많을 것이다. 수긍하여 고개를 끄덕이는 사람도 많을 것이다. 왜냐하면 부부 싸움의 원인 중 99퍼센트는 이렇게 하찮은 일에서 비롯되기 때문이다.

"여보, 물 한 잔 줘요."

이 말이 부부 싸움의 원인이었다고 하면 미혼들은 믿지 않을 것이다. 그렇지만 기혼자들은 빙그레 웃을 것이다.

앞에서 말한 바와 같이 부부 싸움은 일상 생활의 단조로움을 견디기 위한 필요악(必要惡)이라고 해도 결코 틀린 말은 아닐 것이다. 그리고 이러한 갈등을 통해 부부애가 조금씩 조금씩 다져지는 것이다.

그러나 자칫 이러한 사랑 싸움이 비화되어 파경으로 이어지는 경우가 많다.

세상에 갈등없이 사는 부부는 존재하지 않는다

나쁜 녀석이라고 비난받는 듯한 사람에게도
나는 더욱 상당한 아름다운 점을 발견하며,
신(神)과 같다고 칭찬받는 사람에게도
나는 상당한 죄와 나쁜 점을 발견한다.
그래서 나는 두 가지 사이에
선을 긋기를 주저하여 신도 선을 긋지 않는다.
    — 밀러 〈남이 비난하는 사람에게도〉

인생에는 짊어져야 할 고난이 많이 있다. 가장 행복하게 보이는 사람조차도 다른 사람의 눈에는 보이지 않는 여러 가지 고민을 갖고 있다. 그 고뇌 중에는 정말로 고통스러운 것도 있으며 너무 지나친 생각으로 인한 것도 있다. 본인에게 책임이 없는 고뇌도 있는가 하면 자업 자득(自業自得)인 고뇌도 있다.

인간은 누구나 고뇌에서 자유스러울 수가 없다. 세상에서 가장 행복하게 보이는 사람에게도 보통 사람과 마찬가지로 고뇌가 있으며, 더 많은 고뇌를 짊어지고 있는 경우도 있다는 것을 항상 염두에 새겨두어야 한다.

나는 일찍부터 사회적으로 명망있는 사람들과 사귈 기회가 많았다. 종교·교육·예술·언론·정치·경제 등의 분야에서 나름대로 성취감을 느낄 수 있는 사람들을 만남으로써 다양한 삶의 모습을 보고 들을 수 있었다. 그중에는 소문난 잉꼬 부부도 많았고, 부부가 함께 저명 인사인 경우도 많았다. 나는 그들을 만나면서 '정말 인생을 인생답게 살고 있구나' 하고 부러움과 시샘을 느껴야 했다.

그런데 알고 보니 그들에게도 고뇌는 있었다. 소문난 잉꼬부부도 부부간의 갈등은 상존하고 있었다. 보통 사람과 마찬가지로 인간적인 약점 때문에 가슴앓이를 하고 있었다. 인간의 행복이나 부부간의 금실(琴瑟)이라는 것은 다만 외관상의 것으로, 당사자간에는 여러 가지의 불만이나 권태를 느끼고 있었다. 때로는 결별의 위험마저 도사리고 있었다. 온갖 궂은 일과 가슴 쓰린 일을 애써 숨기기에 다른 사람들의 눈에는 좋은 것만 보이는 것이었다.

그러한 내막을 보고 들으면서 나는 새삼 깨달았다. 세상에 전혀 갈등없이 사는 부부는 존재하지 않는다는 사실을.

기혼 남성들의 심리

나는 이 책을 집필하기 위해 기혼 남성들을 상대로 설문조사를 했다. 전국에서 20대부터 70대까지의 기혼 남성 998명이 성실히 설문에 응하여 주었다. 이 지면을 통하여 그 분들께 거듭 감사를 드린다. 필요상 그 설문의 내용을 여기에 소개하면 다음과 같다.

① 당신의 연령 및 직업, 최종학력
② 아내의 연령 및 직업, 최종학력
③ 결혼의 형식

④ 연애 기간

⑤ 프로포즈는 누가 했는가

⑥ 결혼할 당시 아내에 대한 당신의 호감도는

⑦ 결혼 년수

⑧ 자녀 관계

⑨ 현재 아내에 대한 당신의 호감도는

⑩ 결혼을 후회한 적이 있는가

⑪ 결혼을 후회한 시기는 언제인가

⑫ 결혼을 후회한 원인은 무엇인가

⑬ 이혼을 한번이라도 생각했던 적은 있는가

⑭ 그 원인은 무엇인가

⑮ 부부 싸움을 한 적이 있는가

⑯ 처음으로 부부 싸움을 했던 시기는 언제인가

⑰ 부부 싸움을 했던 이유는 무엇인가

⑱ 부부 싸움의 형태는 어떠한가

⑲ 부부 싸움을 한 후에 누가 먼저 화해를 청하는가

⑳ 아내의 장점은

㉑ 아내의 단점은

㉒ 아내에게 불만을 느낄 때는 언제인가

㉓ 불만을 느낄 때의 당신의 행동은

㉔ 결혼하지 않았다면 당신의 생활은 어떻게 되었겠는가

㉕ 성생활이 가정 생활에 영향을 어느 정도 미치는가

㉖ 결혼 후 아내 이외의 여성과 성관계를 맺은 적은 있는
가

㉗ 외도는 결혼 몇 년 후였는가

㉘ 외도의 이유는 무엇인가

㉙ 외도를 하면서도 부인을 사랑하는가

㉚ 양심의 가책을 느끼지 않았는가

㉛ 만약 당신의 아내가 불륜을 저지르고 있다면 어떻게
하겠는가

㉜ 당신을 가장 화나게 만드는 아내의 말은 무엇인가

㉝ 그 말을 들었을 때 당신은 어떤 반응을 보이는가

㉞ 당신에 대한 아내의 호감도는

㉟ 만약 다시 태어나서 결혼한다고 해도 지금의 아내를
선택하겠는가

이상의 35개 문항으로 조사한 설문에서 나는 기혼 남성의
결혼 생활 만족도를 엿볼 수 있었다. 설문 조사의 결과는 이
책 곳곳에서 소개하기로 하겠다.

이 조사에서 단연 눈길을 끌었던 것은 ㉜번 문항이었다.
참으로 갖가지 말들이 나왔는데, 99가지의 말을 선별하여
이제부터 내 깜냥대로 서술하고자 한다.

2

1

당신네 식구는 왜 그래요?

한 남자가 한 여자를 아름답게 보았다. 여자도 남자를 괜찮다고 생각했다. 그래서 두 사람이 한번 두번 만나다보니 마음이 통했다. 연애 감정에 빠져들었다. 상대방을 만남으로써 삶이 반짝거렸다. 절로 콧노래가 터져 나왔고, 살아 있는 즐거움을 알게 되었다.

"당신과 인생을 함께 하고 싶습니다."

남자의 프로포즈에 여자는 살포시 웃는다 — 설문 조사 결과 프로포즈를 청한 쪽은 단연 남자가 많았다. 40대에서 70대까지는 거의가 남자였고, 연령이 낮아지면서 여성이 구혼을 한 경향이 차츰 증가하고 있다.

그런데 재미있는 사실은 여성이 프로포즈를 하여 결합한 부부들에게 갈등이 더욱 많다는 통계가 나와 이채로웠다. 아마도 이러한 이유 때문에 '여자는 내가 사랑한 남자보다는 나를 사랑해 주는 남자를 만나야 행복하다'라는 말이 생긴 것 같다. ─이리하여 두 사람은 서둘러 결혼식을 올리고 부부라는 이름을 갖는다.

행복이여, 너는 이제 우리의 것이다. 두 사람은 행복만이 기다리고 있을 미래를 설계하며 꿀같이 달콤한 허니문을 보낸다.

그러나 아아, 허니문(honeymoon)! 이 감미로운 단어 속에 그렇게 교묘한 함정이 숨어 있을 줄이야. 문(moon)은 달〔月〕을 가리키고, 달은 차츰 이즈러드는 숙명을 지니고 있지 않은가. 부부의 애정도 그 달의 생리를 닮아 차츰 이즈러드는 것을 비유하고 있는 것이다.

이 표현은 "시집가 석달, 장가 가 석달 같으면 살림 못할 사람 없다."라는 우리네의 속담과 일맥 상통하다. 결혼 당초처럼 애정이 계속된다면 살림 못하고 이혼할 사람이 어디에 있겠는가.

낭만주의의 완성자라 일컫는 독일의 시인 하이네는 결혼을 이렇게 정의했다.

"결혼, 어떤 나침반도 일찍이 항로를 발견한 적이 없는 거친 바다."

참으로 적절한 표현이라 아니할 수 없다. 좋아하는 사람과 더불어 행복한 일생을 보내려고 결혼을 했는데, 거기에는 예기치 않았던 복잡한 문제들이 도사리고 있는 것이다.

바다에 비유할 수 있는 결혼, 결혼이란 이름의 그 바다는 늘 잔잔한 평화만을 간직한 무대가 아니다. 시시 때때로 광폭해 지기도 하고 심술을 부리기도 한다. 세찬 폭풍우와 함께 산더미만한 파도를 일으켜 항해하는 배를 위협한다. 자칫 잘못하면 폭풍우와 파도에 못이겨 난파(難破)당할 수도 있다. 그런가 하면 또 보이지 않는 곳에 도사리고 있는 암초(暗礁)에 걸려 좌초(坐礁)당할 염려도 많다.

여자는 '시집 시(媤)'자만 들어도 절로 눈살이 찌푸려진다는 말이 있다. 결혼으로 인하여 종횡으로 연결되는 인간 관계, 즉 시부모·시누이·시아주버니·시동생을 비롯한 시가붙이가 어렵고 신경이 쓰여 껄끄럽다는 말이다.

사실 결혼한 여자의 시댁 식구들과의 갈등은 몹시 비중이 크다. 나의 설문 조사에 의하면 처음 부부 싸움을 했던 이유(⑰번 문항)가 시가붙이와의 갈등(53%−529명) 때문이었고, 결혼을 후회한 이유(⑩번 문항)도 이 문제에서 비롯되었다고 응답한 사람이 많았다. (46.7%)

"당신네 식구는 왜 그래요?"

아내가 시댁 식구에 대한 불만이 있었을 때 토해내는 말이다. 이 말을 듣고 아무리 좋게 해석하려 해도 말속에 담긴 뼈가 남편의 감정을 자극한다.

"당신 어머니는 너무 잔소리가 심하다."

"당신 누나는 웬 참견을 그리 하느냐?"

"당신 동생은 어떻고 당신 친척들은 어떻다."

아내는 인칭 앞에 당신 부모, 당신 형제, 당신 친척 등으로 당신을 붙임으로써 당신과 나 사이에 선을 긋는다. 이 말에 다소 비약된 설명일는지는 모르지만, 당신과 나는 남남이라는 선포를 하고 있는 것이다.

자신의 피붙이를 욕하거나 폄하는데 기분 좋을 사람은 아무도 없다. 특히 아내의 입에서 이 말이 나왔을 때 남편은 묘한 배신감을 느낌과 동시에 자기 자신이 모욕을 당한 것 이상으로 감정을 자극받게 된다.

자기를 낳아 주고 길러주신 부모님, 같은 피가 흐르는 형제를 나쁘다고 말하는데도 아무렇지도 않다는 사람이 있다면 오히려 비정상적인 사람이다. 여기서는 부모 형제의 잘잘못은 크게 문제가 되지 않는다. 내 부모 내 형제가 아무리 잘못이 컸다고 하더라도 기분이 나쁜 것은 역시 기분이 나쁜 것이다.

"당신네 식구는 왜 그래요?"

이 말은 부부 싸움을 가장 쉽게 부르는 말이다. 일순간에 사랑과 행복을 파괴하는 말이다. 폭력으로 이어지게 하고 이혼을 재촉하는 말이다.

그러므로 행복한 결혼 생활을 원한다면 마땅히 이 말을 금기어(禁忌語)로 삼아야 한다.

● 선량한 남편은 귀머거리가 되지 않으면 안되고 착한 아내는 장님이 아니면 안된다. —서양의 격언—

2
가문이 형편없는데 당신이라고
家門

아무리 허물 없는 사이라도 지켜야 할 말은 지키는 예의가 필요하다. 부부간에도 엄연히 금기어(禁忌語)는 있어야 한다.

독특한 두 개성이 부부라는 이름으로 결합되어 살아가는 생활 속에서 의견 차이는 이루 헤아릴 수 없을 정도로 많이 생긴다. 어떤 주제에 대해서도 상반된 의견이 나올 수가 있다. 이때 한쪽이 다른 한쪽에게 수긍하거나 깨끗이 양보해 버리면 문제는 생기지 않는다. 서로가 내가 옳다고 빠락빠락 우기다보니 두 자아(自我)가 투쟁하게 되는 것이다.

어떠한 싸움도 비슷하지만, 감정적인 흥분에 싸여 싸우다보면 자기도 모르는 사이에 거칠고 상스러운 말이 나오게 되는 수가 많다. 모든 것이 다 끝난 것처럼 행동하기가 쉽다. 홧김에 상대의 인격을 치명적으로 손상시키는 언행도 불사하는 수가 있다.

그러나 어떠한 문제로 부부 싸움을 하더라도 벼랑의 끝까지 가서는 안된다. 결코 입밖에 내서는 안될 말이 있는 것이다. 그 대표적인 것이 욕(辱)이다.

《성서》의 윤리관을 보면 욕설에 대한 죄를 살인의 죄와 동일시하고 있다. 사람에게 욕하는 죄와 살인을 하는 것은 하느님 앞에서는 같은 죄인 것이다.

쉽게 수긍할 수는 없겠지만, 이렇게 생각해 보면 과연 그럴 듯도 하다. 살인의 싹은 참으로 욕이라는 씨앗에서 나고, 욕은 분노에서 나온다. 노할 때 사람은 그 상대의 얼굴을 다시는 보고 싶지 않다는 마음을 갖게 된다. 이 말을 다시 따지면 '그 상대가 죽어 버렸으면 좋겠다', '죽였으면 좋겠다'는 말이기도 하다.

그리하여 《성서》 중에는 "형제를 바보라고 하는 자는 지옥 불에 들어가게 되리라."고 씌어 있는 것이다.

새삼스러운 말이 되겠지만 이 책의 주제가 '말과 행동'에 관한 것이다. 남편을 실망하고 분노하게 만들어 다툼과 분열로 이어지게 하는 아내의 '말과 행동'에 대하여 쓰고 있는 것이다. 그렇기 때문에 세상의 아내들이 이 책의 법칙을 성실히 따른다면 행복한 가정을 유지하는데 별 문제가 없을 것이다. 남편과 자녀를 행복하게 만들고 아내 자신도 행복할 것이다. 물론 이 말들은 남편에게도 적용됨은 두말 할 필요도 없다.

그렇지만 우리는 불완전한 인간이다. 나도 그렇고 당신도 그렇다. 그리고 저쪽에서 안 그런 척하고 있는 당신도 역시 그렇다. 이 책에 나와 있는 모든 법칙을 다 지킬 수는 없을 것이다. 특히 부부 싸움을 할 때 고운 말 바른 말로 우아하고 품위있게 싸울 수는 없을 것이다.

그래도 꼭 지켜야 할 말이 있다. 당장에 당신의 목에 칼이 들어와도 지켜야 할 금기어가 있다. 그것은 바로 남편의 가문(家門)을 욕하는 말이다.

3
저런 남자하고 살아봤으면

인간에게는 크게 대별하여 네 종류의 기질이 있다고 한다. 담즙질(膽汁質), 점액질(粘液質), 다혈질(多血質), 우울질(憂鬱質)이 그것이다.

이러한 기질 중 어느 하나밖에 갖고 있지 않은 사람, 기질들이 뒤섞여 있지 않은 사람은 없을 것이다. 여러 기질들의 무한한 혼합에 의하여 그 미묘한 뉘앙스나 멋진 다양성이 나타나는 것이다. 이러한 기질들에 대한 자세한 설명은—이 책의 범위를 넘는 것이므로—전문가들에게 맡기기로 하겠다.

여러분 중에는 비교적 냉정형(冷情型) —이 말은 내숭형(內凶型)으로 바꿔도 무방하다—이 있는가 하면 열광형(熱狂型)도 많을 것이다. 특히 현대의 여성들은 열광형에 더 가깝다는 생각이 든다.

잠시 생각해보라. 하이틴 시절 당신은 인기 가수의 콘서

트에 가서 '오빠'를 연호(連呼)하거나 특정인(연애인 등)을
사모하여 쫓아다닌 적은 없는가. 혹은 수첩 속에 마이클 잭
슨이나 조용필의 사진을 넣어두고 조금이라도 잭슨이나 용
필이를 악평하는 사람이 있으면 눈을 흘기며 절교 선언을
한 기억은 없는가. 만일 여러분에게 그러한 사실이 있다면
당신은 열광형의 여성이다.

"어머, 오빠!"

가수나 탤런트 등을 보고 오빠를 연호하며 울먹이는 소녀
는 열광형이다. 이렇게 열광적인 여성은 곧잘 사랑하는 사
람을 실망시킨다. 아니, 환멸(幻滅)을 느끼게 만든다는 표현
이 더 적절하다.

"멋있어요, 아무개는……."

아내의 입에서 다른 남성(특히 탤런트나 가수)을 선망하
는 말이 나왔을 때 남편들은 등에 송충이가 기어가는 듯한
전율을 느낀다. 생명처럼 소중하게 여기는 자존심에 상처를
입는다. 순간적으로 아내를 경멸한다. 그런 말을 하는 입을
후려쳐주고 싶을 정도로 밉다. 과격한 사람은 인생 전부를
걸어놓고 큰 소동을 벌이고 싶은 심정이 될 것이다.

나는 아무개 만큼 잘생기지 않았다, 멋지지도 않다, 인기
가 있지도 않다는 자격지심이 남편의 자존심을 사정없이 상
하게 만드는 것이다.

남성은 자존심에 살고 죽는 생물이다. 그 자존심에 불을
지르는 말은 다른 남성과 자신을 비교하는 말이다.

"누구 아빠, 누구 남편은 어떻고 어떻다더라. 아아, 그런
남자하고 한번 살아봤으면……."

당신은 이런 말을 듣는 남편의 심정을 헤아릴 수 있는

가? 생각해 보라. 만약 당신의 남편이 다음과 같은 노래를
계속한다면 당신의 심정은 어떻겠는가.

"탤런트 아무개는, 옆짚 아무개 엄마는 정말 근사해. 보
기만 해도 가슴이 떨려. 그런 여자하고 한번 살아봤으면."

이 말에 굳이 주석을 붙이지 않겠다. 여성이라면 능히 그
심정을 상상할 수 있을 것이기 때문이다.

• 남의 밭 곡식은 언제나 잘된 것 같고, 이웃집 젖소는 더 우유를 많
이 내는 것처럼 보이는 법이다. ―오이디프스―

4
다시 '저런 남자하고 살아봤으면'에 대하여

아름다운 여자에게 남자가 끌리는 것, 잘생기고 능력있는 남자에게 여자가 끌리는 것은 지극히 인간적인 감정이다. 아내가 있는 남자가 다른 여자를 생각하고, 남편이 있는 여자가 다른 남자를 사모하는 것도 지극히 인간적인 감정이다.

그러나 세상의 거의 모든 종교의 윤리관은 후자의 경우를 죄악시한다. 마음으로 행한 간음도 '간음'으로 인정하고 있는 것이다.

너무나도 엄격한 종교적 윤리관으로 인간을 심판한다면 과연 죄인이 아닌 자가 얼마나 될까?

잘 알지도 모르면서 왈가왈부하기는 주저되지만, 인간은 영적 실재(靈的實在)이다. 그렇기 때문에 마음의 파동에 의하여 상호 감응하고 있다. 아내가 부정을 행할 경우 남편은 재빨리 그것을 직감할 수 있으며, 남편이 부정을 행할 경우에는 아내가 재빨리 이것을 직감하게 되는 것이다. 이것을 심리학 용어로 텔레파시(telepathy)라고 한다.

생각은 은연중에 표정과 말과 행동에 나타나게 된다. 암시(暗示·suggestion)라고 표현하기도 하는데, 텔레파시에 비하여 훨씬 구체적이고 강렬한 영향을 미치게 된다. 일반적으로 암시는 타인의 말과 태도와 상징을 이론적 근거 없이 무비판적으로 받아들임으로써 자신의 생각·의견·태도·행동에 변화가 생기는 것을 말한다.

생각으로 지은 부정도 죄악이다. 불교에서는 이것을 3업(三業)의 하나인 의업(意業)이라고 한다. 만약 아내가 남편 이외의 남성을 마음속에 품고 있다면 남편도 은연중에 그것을 직감하게 된다. '뭔가 수상하다', '마음이 다른 곳에 있다'라는 막연한 직감은 꼬리에 꼬리를 물게 되는데, 이것은 그렇게 생각하는 사람에게 있어서 강한 '자기 암시'가 되는 것이다. 그래서 아내로부터 마음이 멀어지게 되고 아내 이외의 여성을 구하게 되는 것이다.

어떤 인간을 평가할 때 행위로 나타나는 것만으로 모든 것을 판단할 수는 없다. 왜냐하면 부부간에 마음의 세계에서 생각으로 지은 부정이 상대방의 행동을 좌우하는 힘을 작용시키기 때문이다.

그러므로 자기 자신이 먼저 꺼림칙한 일은 삼가야 한다. 아내는 남편이 모르는 비밀을 가져서는 안된다. 꺼림칙한 일이란 숨겨진 죄악감을 뜻한다. 숨겨진 죄악감은 필연코 자기 처벌로 나타나 갖가지 병과 불행을 몰고 오는 법이다.

5
제 아비를 닮아가지고

부전자전(父傳子傳)이라 — 자식은 그 아버지를 닮게 마련
이다. 생김새뿐만 아니라 그 성격이나 행동 양태까지도 닮
은 점이 많다. 여기에는 유전적인 원인도 많겠지만, 함께 생
활을 하면서 아이가 알게 모르게 부모의 행동을 모방하기
때문이리라.

"제 아비를 닮아가지고……."

부부간에 이 말은 긍정적인 경우에 쓰는 말이라기 보다는
부정적인 일에 쓰이는 경우가 훨씬 많다. 잘되면 내가 잘해
서 잘된 것이요, 잘못되면 조상을 탓하는 심리와도 같은 것
이다.

자녀가 공부를 못하면 남편의 머리가 나쁜 탓으로 돌
린다. 자녀가 잘못을 하거나 말썽을 부리면 남편의 어떤 행
위와 연관지어서 비난을 한다. 물론 반대의 경우도 많다.

여러분도 잘 알겠지만, 자녀 때문에 부부 싸움을 하는 경

우가 많다. 자녀가 잘못을 했을 때 부모 중 어느 한쪽이 꾸짖거나 체벌을 하게 된다. 이때 곁에서 그것을 지켜보는 다른 한쪽은 무척 복잡한 심정이 된다. 교육상 벌을 주는 것에는 심정적으로 동의를 하지만 고통을 당하는 아이의 모습을 보는 것은 역시 싫다.

자신의 분신이라 여기고 있는 자녀가 나 아닌 다른 사람—비록 그 아이의 아버지 혹은 어머니라 할지라도—에게 매를 맞거나 욕을 먹는 것을 볼 때 불편한 심기를 가지게 되는 것이 부모된 사람의 심정이다. 그래서 아이를 역성들다 보면 서로의 감정이 격화되기 쉬운 것이다.

"괜한 일에 아이는 왜 때려요?"

"당신이 그렇게 싸고도니까 아이의 버릇이 나빠지는 거야."

"흥, 당신 닮아서 그런 걸 누구 탓을 해요!"

"뭐라구?"

칼과 칼이 부딪치면 '쨍' 소리가 날 수밖에.

교육학자들은 이럴 경우 다른 한쪽의 절대 침묵을 요구한다. 다른 한쪽에 동조하여 아이를 꾸짖는 것도 좋지 않고, 아이를 역성드는 것은 더욱 좋지 않다고 말한다.

부모가 합심하여 아이를 꾸짖으면 아이를 용서하고 위로해 줄 사람은 없어지게 된다. 이 경우 아이는 용서와 위로를 배우지 못하기 때문에 부모에 대하여 두려움을 느끼는 가운데 적개심을 키우게 되는 것이다.

한편 역성들 경우에는 아이의 가치관의 혼란을 초래한다. 아버지는 자기 편이 되어 주는데 반하여 어머니는 꾸짖는 것에서 옳고 그름이 불분명해 진다는 것이다.

자녀를 꾸짖을 때 부모의 역할이 분명히 구분되어 있어야
한다는 것이 교육학자들 사이에서 설득력 있는 이론이다.
꾸짖는 쪽과 위로하는 쪽의 양분이다. 이때 위로하는 쪽은
꾸짖었던 쪽의 심정을 자녀에게 은연중에 이해시키는 것이
좋은 효과를 보인다고 한다.

돈, 돈, 돈

세상에 돈을 싫어하고 마다할 사람이 그 어디에 있으랴. 진정으로 돈을 싫어하고 마다할 사람이 있다면 나는 꼭 한 번 만나보고 싶다.

인간이라면 돈을 좋아해야 정상이다. 돈을 싫어하는 인간이 있다면 그는 비정상적인 사람이거나 최고의 위선자일 것이다.

세상에서 돈을 가지고 할 수 없는 일은 별로 없다. 귀신도 움직이게 한다는 것이 돈의 위력이다. 돈 때문에 나라를 팔아먹기도 하고, 돈 때문에 목숨을 걸고, 돈 때문에 살인을 하고, 돈 때문에 정조를 팔기도 한다.

사람들은 자기의 직업에 거창한 명분을 붙이기를 좋아한다. 그렇지만 만약 그 직업에 보수가 따르지 않는다면 어떻게 될까? 아마 별종(別種)이 아니라면 그 직업에 종사할 사람은 없을 것이다. 따라서 돈을 벌기 위하여 일을 한다고 해도 과히 틀린 말은 아닐 것이다.

돈 때문에 울고 웃는 세상에서 행복한 결혼 생활을 보내기 위해서는 그 가정의 경제 상태가 좋아야 한다는 것은 필요 불가결한 조건이다. 그래서 대부분의 남편들은 그들의 생업에 충실하며 열심히 돈을 번다.

그러나 사람에 따라 수입의 차이가 있다. 샐러리 맨은 정해진 봉급 이외의 수입을 기대하기 어렵고, 사업을 하는 사람은 수입이 일정하지 않다. 가능하다면 한푼이라도 더 벌고 싶은 것이 인간의 욕심인데, 그 돈벌이에 한계가 있는 것이다.

남편을 지치게 하고 짜증나게 하는 아내의 말 중에서 높은 비중을 차지하는 것이 돈타령이다. 입만 열었다 하면 돈, 돈, 돈……

꼭 남편을 돈버는 기계로 생각하는 듯한 태도이다. 지나친 아내의 돈타령에 남편은 심신이 다 병들어 버린다. 아내를 만족시킬 만큼의 돈을 벌지 못하는 자신의 무능을 한탄하며 절망감에 휩싸여서 방탕에 몸을 던지게 되기도 한다. 내면으로부터는 불안한 양심의 소리가 그의 마음을 괴롭히고 외부에서는 아내의 질책의 말이 들려온다. 이러한 비참한 상태에 처한다면 가정 생활의 기쁨은 모두 사라져 버린다.

대다수의 사람들이 진정한 행복을 느끼지 못하게 되는 것은 지나친 욕심 때문이기도 하다. 편안하면 더욱 편해지려는 욕심, 부유하면 더욱 부유해지고 싶은 욕심, 소유하면 더욱 소유하려는 욕심 때문에 만족을 느끼지 못하는 것이다.

아무리 재물을 많이 쌓아도 가령, 갈증을 해결하기 위해

소금물을 마시는 것과 같이 아무리 양을 늘려도 만족할 수
없는 상태는 아귀도(餓鬼道)의 심경(心境)이다. 족함을 깨닫
고 지금 베풀어져 있는 은혜에 감사하는 자는 항상 그곳에
천국 정토(天國淨土)를 출현시키게 된다.

물질적으로 어느 정도의 여유가 있다는 것은 사람에 따라
행복을 쌓아올리는 조건은 될 수 있으나, 그 자체가 행복이
될 수는 없다.

비록 가난하지만 행복한 사람은 얼마든지 있다. 아무리
부자라도 그 부(富)를 더욱 증식시킬 것을 원하며, 그것에
만족하지 못한다면 결코 행복하다고 할 수는 없다.

돈타령을 하는 사람들에게 대철학자 소크라테스의 다음
말을 들려주고 싶다.

"만족은 천연의 재산이다."

• 자, 돈이요! 사람의 마음에 독(毒)보다도 무서운 돈이요!
　　－셰익스피어－

7
다시 '돈, 돈, 돈'에 대하여

물질의 풍요가 행복을 가져다 주는 것은 아니다. 그러나 많은 사람들은 물질의 풍요가 행복만을 가져다주지 않는다는 사실을 알기까지 얼마나 길고 긴 시간을 필요로 하는가! 게중에는 무덤에 들어가기 직전까지도 깨닫지 못하는 불행한 사람도 있다.

러시아의 문호 도스토예프스키는 "인간은 자기가 행복하다는 것을 알지 못하기 때문에 불행하다."고 했다. 과연 그렇지 않은가?

사랑과 행복은 금전으로 살 수 없다. 사랑과 행복을 금전과 연관시켜 생각한다면 그 순간부터 참되고 순수한 사랑과 행복은 모습을 감춰 버린다.

언젠가 미국 신문에 발표된 〈미국의 부부들·American couples〉이라는 연구 조사를 보면 '돈' 문제가 부부간의 갈등을 가져오는 가장 중요한 문제의 하나라고 지적하고 있다. 물론 미국의 이야기이지만, 우리도 이미 이러한 현실에 당면해 있다.

진실한 마음이 있는 곳에 사랑과 행복이 깃든다. 인간은 모든 물질을 잃었어도 진실한 사랑이 있다면 삶의 보람을 느끼고 또한 삶의 가치를 발견할 수 있다.

그러나 진실한 사랑을 잃었을 때는 아무리 부가 많이 쌓여 있다 하여도 사는 보람을 느낄 수 없게 되는 것이다.

8
이까짓 월급 믿고 있다가는

예기(禮記)에 이르기를 "수입을 생각하고 나서 지출 계획을 세우라."고 했다. 이 말은 가정 경제에서 국가 경제에 이르기까지 모든 재정의 대원칙이다. 이 대원칙에 충실히 따르면 경제 생활에 큰 무리는 없다.

그런데 사람들은 종종 이 대원칙을 무시하려고 한다. 수입을 생각하지 않고 지출할 것에 마음을 빼앗겨 가정 경제에 혼란을 초래하는 것이다.

흔히 '쥐꼬리만한 월급'이라고 표현하는 것처럼 샐러리맨의 봉급이라는 것은 빤한 것이다. 낭비나 남용을 할 정도로 대단한 액수는 결코 못된다. 그렇지만 계획에 따라 이리 쪼개고 저리 쪼개어 빠듯하게 생활하면서도 얼마간의 저축을 할 수 있는 금액은 된다. 만약 조금이라도 낭비 성향이 있다면 항상 봉급날만을 기다리며 돈에 갈증을 느끼게 될것은 분명하다.

샐러리 맨을 남편으로 둔 아내는 남편의 봉급 액수를 누구보다도 더 잘 알고 있다. 그리고 그 봉투가 아무리 얄팍하더라도 그것은 남편이 한달 동안 애써 일한 땀의 대가인 것이다. 이 땀의 대가를 받아 쥐는 아내의 태도는 과연 어떠한가?

"이 달도 수고하셨어요." 누구라도 신혼 초에는 부드럽고 상냥한 얼굴과 말로 감사의 마음을 전했을 것이다. 저녁 식탁에는 특별히 더 정성을 쏟았을 것이고, 보너스로 맥주 한두 병은 올라 있었을 것이다.

남편은 아내의 그런 모습에서 피로를 씻고 행복을 느꼈다. 보다 나은 미래를 설계하고 내일에 대처할 용기가 생기기도 했었다.

그런데 감사하는 마음은 세월이 흐르면서 조금씩조금씩 사라져 버렸다. 아니, 묘하게 변질되어 뒷맛을 개운찮게 하기 일쑤다.

"오늘 봉급날이죠. 퇴근하면 집으로 곧장 와요."

출근하는 남편의 뒷통수에 대고 명령을 한다. 다른 데로 샜다가는 그냥 두지 않겠다는 엄포가 담겨 있는 말투다.

남편이 저녁에 돌아와 월급봉투를 내밀면 금액을 확인하면서 눈살부터 찡그린다.

"이 달도 적자를 못 면하겠어요. 돈 들어갈 데는 많고 당신 월급은 쥐꼬리만하니 큰일났어요. 이까짓 월급 믿고 있다가는 살림 거덜나겠어요."

아내의 넋두리는 기껏 봉급을 받아온 남편을 죄인으로 만들어 버린다. 누구처럼 돈을 많이 벌지 못하는 죄인이다.

그러나 월급봉투를 직접 받는 사람은 그래도 행복하다 할 수 있다. 근래에는 은행을 통하여 급여가 입금이 되고 그 명세서만이 본인에게 전달될 뿐이다. 수고한 대가는 손에 쥐어보지도 못하고 듣기 싫은 소리만을 바가지로 듣는 것이다.

아내로부터 무능력을 질책당한 남편의 마음이 편할 리가 없다. 비참해진 가슴을 애써 어루만지면서 아마도 이렇게 투덜거리리라.

'나더러 도둑질이라도 하라는 이야기인가. 내 능력에 따른 봉급을 고스란히 갖다 바치면 감지덕지 고마워하지는 못할망정 타박을 하다니…….'

아내에게조차 인정받지 못한 남자가 어디에 가서 인정을 받겠는가. 그리고 성실히 애써 일해도 수고했다는 말 한마디 들을 수 없는 일에 어떻게 의욕을 가질 수 있겠는가.

남편의 땀의 대가를 무시하는 아내는 남편을 벼랑으로 내모는 것과도 같다.

벼랑 끝에 내몰린 남편의 마음은, 마귀 할멈 같은 아내의 얼굴을 마주하기 보다는 차라리 추락하는 쪽을 택하리라.

• 남자의 손에 들어오는 수확물 중에서 양처(良妻) 이상 가는 것이 없고, 반대로 악처(惡妻) 만큼 못마땅한 것은 없다. -헤시오도스-

9

당신 주제에

주먹다짐만이 폭력에 해당되는 것은 아니다. 상대방의 가슴에 상처를 주는 말도 폭력에 해당된다. 엄밀히 따지자면 전자에 비하여 후자가 더 깊은 상처를 남기게 된다.

과연 그렇다. 주먹에 맞은 상처는 물리적인 치료와 세월의 흐름에 따라 깨끗이 아물 수가 있다. 그러나 말을 통하여 받은 상처는 영원히 아물지 못하는 수가 있다.

현명하지 못한 아내는 남편의 잘못에 화가나면 이런 말저런 말 앞뒤 가리지 않고 심하게 말을 쏟아 놓는다.

"당신 주제에 그런 일이 가당키나 하겠어. 주제 파악을 하셔야지."

'주제'라는 단어는 '주제꼴'의 준말로 변변치 않은 처지를 일컫는 말이다. 주로 멸시어(蔑視語)로 쓰이기 때문에 듣는 사람의 가슴을 후벼파고도 남음이 있을 정도이다.

사람은 멸시당했다고 느낄 때 가장 잘 성을 낸다. 자존심

이 강한 남자라면 결코 그런 말을 하는 상대를 용서하지 않
을 것이다.

세상에는 남성이 사용하면 허락되는 말이라도 여성에게는
허락되지 않는 말이 있다. 불공평하다고 생각하는가?

그렇게 생각한다면 당신에게 문제가 있다. 역시 여성은
아름다운 말씨, 밝고 부드럽고 따뜻한 표정이 있어야 그 아
름다움이 더욱 빛나는 법이다.

여성으로서의 밝음, 여성다운 말씨는 여성 특유의 모성
본능이다. 인간은 누구나 여성을 통하여 태어나기 때문에
그 모성 본능을 좋아한다. 다른 사람이 초조해 할 때나 또는
기분이 가라 앉아 있을 때 따뜻하게 감싸주는 풍요로운 마
음을 가지고 있기 때문이다.

그런데 모성 본능을 역행하는 말과 행위를 했을 때는 그
천박하고 추악함을 증오하게 되는 것이다.

잘못된 것은 꼭 비판해야 한다면 행위(行爲) 그 자체를 지
적하는 것이 좋다. 인격을 비판하기 보다 행위를 비판하라
는 것이다. 이때도 말투는 여성다움을 잃어서는 안된다.

10
물가가 또 올랐어요

이 글을 읽는 여성들, 특히 아내라는 이름을 가진 여성들의 대부분은 앞으로 고개를 갸웃거릴 부분을 많이 만날 것이다. 여성 자신들은 정말 대수롭지 않게 생각하고 있었던 부분들이 많을 것이기 때문이다.

"요즘 물가가 너무 올랐어요. 만원짜리 한 장 들고나가도 살 게 없어요. 세상에 무 한 개에 이천원씩이나 해요."

밥상머리에서 보통의 아내들이 흔히 하는 말이다. 이런 말에 남편들은 식욕이 떨어지고 기분이 상하게 된다는 사실을 알고 있는 아내들은 얼마나 될까?

아내의 입장에서는 있는 사실을 그대로 말한 것 뿐이리라. 그러나 남편의 입장에서는 묘하게도 귀에 거슬리는 말임에는 틀림이 없다.

남자들은 보기와는 달리 피해망상, 열등감의 덩어리로 표현해도 과히 지나친 표현은 아니다. 남자라면 누구 한 사람

입/여자에게 주는 99가지 충고 · 95

예외 없이 그런 천박한 감정을 지니고 있다.

그렇기 때문에 '물가가 많이 올라 살기 힘들다'라는 푸념 섞인 말은 곧 남자의 무능력과 직결이 되어 열등감을 자극하게 되는 것이다.

부부 싸움은 대개 이렇게 사소한 것에서 출발하게 된다. 이런 말을 듣고, 약간 기분이 나빠져 있는 남편에게 다른 언짢은 말을 하면 곧 불처럼 감정이 폭발하는 것이다.

"먼저 생각하라. 그 다음에 말하라. 그리고 사람들이 싫증내기 전에 그치라. 인간은 말을 함으로써 동물보다 훌륭한 것이다. 그러나 만약 그 말에 이익되는 점이 없다면 동물보다 못한 것이다."

페르시아 성전에 나와 있는 말이다.

• 행복은 자기 분수를 알고, 그것을 사랑함으로써 얻어진다.

　　　－로망 롤랑－

11
수다

여자는 끊임없이 입방아를 찧는 수다스러움 때문에 수염이 나지 않는다는 우스갯소리가 있다. 또한 "여자 셋이 모이면 방 가운데 접시가 깨진다."라는 속담도 있다.

'수다'하면 '여자'라는 등식의 성립에 이론을 제기할 독자는 없을 것이다. 왜냐하면 허영과 질투, 그리고 수다는 여성의 본능적인 특질이기 때문이다. 한 통화의 전화에 소요되는 시간은 어느 나라에서나 여성이 남성보다 압도적으로 길다는 통계가 나와 있다. 이 통계는 여성의 수다스러움을 명쾌하게 증명하는 증거인 것이다.

모르기는 해도 여자는 선척적으로 남들의 생활이나 행동에 많은 흥미와 관심을 갖도록 되어 있는 것 같다. 또 관심의 범위가 작기 때문에 그런 것 같다.

남자의 대화를 들어보면 대체로 스케일이 크면서도 간결하고 줄거리가 세워져 있다. 그런데 여자의 대화는 대체로 질질 늘어질 뿐만 아니라 그 내용도 중복이나 비약이 많다.

여자들끼리 모였다면 그 정도가 더욱 심하다. 겉으로 보면 화기애애해 보이지만, 귀기울여 들어 보면 제각기 멋대로 지껄여 대고 있는 경우가 많다.

전화를 하는 것을 보더라도 그렇다. 긴요한 용무가 아닌 것을 가지고도 미주알고주알 시시덕거리며 깔깔거린다. 사전에 자기의 생각을 정리하고 나서 지껄이는 성향이 박약하기 때문에 나타나는 현상이지만, 그 정도가 지나치면 소음공해와 다름이 없다.

언제 끝날지도 모르는 알맹이 없는 수다를 계속 들어준다는 것은 보통 인내심을 가지고서는 힘든 일이다. "과연, 그렇군요." 하고 맞장구를 쳐주는 것만 해도 벅차다.

수다가 심한 입방아를 받아주다 보면 한도 끝도 없다. 절대로 적당한 선에서 그만두지 않는다. 말이 말의 꼬리를 물고 또 물고 하여 묘한 방향으로 흘러간다.

공치사나 투정이 되기도 하고, 결국에는 남편을 벼랑으로 밀어붙이기가 일쑤다. 덕택에 남편은 기분이 엉망이 되어 화를 내거나 애원을 하기도 한다.

"해도해도 너무 하는군 그래! 그만하면 됐잖아. 이젠 제발 좀 그만둘 수 없어요?"

아내의 수다 끝에 부부 싸움이 시작되는 경우가 많다. 밑도 끝도 없는 이야기가 불쑥불쑥 튀어나오기 때문이다.

"어쩌구 저쩌구……. 철수 아빠가 글쎄 바람을 피웠대요. 혹시……, 당신도 그런 것 아니에요?"

철수네 아빠 바람 피운 이야기를 하다가 왜 애꿎은 남편에게 화살을 돌려야 하는가. 이럴 경우 남편은 한없이 허탈

해 진다.

또한 수다가 길어지면 으레 남에 대한 험담이 나오기 마련이다. 주변의 특정인을 중상 모략하는 애꿎은 헛소문일 때는 싸움이 되기도 한다. 아내의 수다 때문에 남편까지 분쟁에 휘말리게 될 때, 남편은 쥐구멍에라도 들어가고 싶은 심정이 된다.

"여자의 혀는 몸에서 가장 나중에 숨긴다."

이탈리아에 전하는 속담이다. 여자의 적당한 수다는 그녀들만의 특질이기에 인정해야 하지만, 도가 지나치면 남편을 견딜 수 없게 하는 것이다.

아아, 여자의 죄많은 수다스러움이여!

다음은 입이 가벼운 여자를 꼬집은 프랑스의 유머이다.

두 여자가 길을 가다가 우연히 만났다. 그중 한 여자가 다른 여자의 귀에 대고 소근소근 형식을 취한 비밀 이야기를 하고 나서 말했다.

"이건 우리 둘만이 아는 비밀이야. 그러니까 절대로 입 밖에 내서는 안돼, 알았지?"

그 말을 들은 여자가 조심스럽게 입을 열었다.

"그래 알았어. 하지만 다른 사람이 비밀을 지켜 줄지 어쩔지는 모르겠는걸······."

이 유머만 보더라도 동서양을 막론하고 여자의 입이 싼 경향만은 공인되어 있는 것 같다. 그래서 비밀을 지키지 못한다. 입이 가벼운 여자는 필연적으로 수다가 심한 법이다. 수다가 심하면 없는 말도 만들게 되는 것은 당연하다.

분석심리학에서는 여성의 수다를 이렇게 설명하고 있다.

"여자는 비밀을 마련하는 것을 무척 좋아한다. 그러나 그 이상으로 폭로하는 일도 좋아한다. 특히 자기만 알고 있는 정보를 남에게 전하는 순간에는 거의 섹스의 클라이맥스와 버금가는 황홀감을 맛보게 된다."

　비밀을 지키지 못하는 특질, 이것은 곧 수다스러움을 의미하는 것이다.

● 인간에게는 입이 하나, 귀가 둘 있다. 이것은 듣는 것을 두 배로 하라는 뜻이다. -〈탈무드〉-

12
다시 '수다'에 대하여

수다스런 여자가 물에 빠져 죽으면 입만 물 위에 동동 떠오른다는 농담이 있었다. 그런데 지금은 엉덩이만 떠오른다고 한다. 왜냐하면 그 틈을 이용하여 물고기와 수다를 떨기 때문이라고.

오죽 수다가 심하면 이런 농담이 생겼을까. 하여튼 여자들이 두 사람 이상만 모이면 시끄럽다. 그 지껄임은 전철이나 버스 안에서, 미장원에서나 동네 상점에서, 식당이나 다방에서, 또 횡단보도에서도 여자가 두 사람만 같이 있으면 시끄러워지기 시작한다. 어린아이가 차도에 아장아장 걸어나와 위험 천만한 지경인데도 돌아보지도 않고 정신없이 지껄이고 있는 장면을 흔히 볼 수 있는 광경이다.

그 내용을 들어보면 참으로 시시콜콜하고 시답잖다. 누가 어쩌고 무엇이 저쩌고 하면서 지치지도 않고 지껄이는 것이다. 그 말속에 등장하는 다른 사람에 대한 소문은 이상하게도 좋은 소문이 아니다. 소문의 주인공들이 들으면 분개할 내용이 주종을 이룬다.

대부분의 인간이 그렇지만, 특히 여성은 자기가 뱉어낸 말로 화를 부른다. 수다와 잔소리, 푸념으로 남편의 귀를 따갑게 하고 마음을 상하게 하는 아내를 어느 남편이 좋아하겠는가? 곰곰이 생각해 볼 일이다.

여성은 좋은 청취자가 되어야 한다. 수다를 자제하고 남편의 말을 들어주라. 남편이 말하고 있는 동안에는, 당신을 옹호하기 위해서, 남편의 말을 막지 말라.

13
남들은 어떻고 어떻다

결혼하기 전의 남자는 불완전하다. 가슴이 뜨겁기 때문에 감정에 많이 좌우된다. 이 말을 달리 표현하면 감성적(感性的) 성향을 많이 가지고 있다고 할 수 있다.

감히 단언하지만 미혼 남자의 마음을 세차게 흔드는 것은 누가 뭐라해도 여성이 소유한 그 미모이다. 어떤 여성이 아무리 훌륭한 인격과 지성을 소유하고 있다 해도 외모의 아름다움 이상으로 남성을 사로잡지는 못한다.

미혼 남성은 지성적인 추녀에게 매력을 느끼지 않는다. 지성과 인격이 약간 결여되어 있더라도 미인을 선호한다. '이왕이면 다홍치마' 라는 경구와 같이 눈을 만족시키는 상대에게 끌리는 것이다.

그러나 막상 결혼을 하면 그 생각이 변한다. 이제는 아내의 인격적인 면을 요구하는 것이다. 왜냐하면 인격이 결여되어 있는 여자는 남자를 한없이 피곤하고 불편하게 만들기 때문이다.

프랑스의 모럴리스트 몽테뉴는 이렇게 말했다.

"아름다운 여자에게는 언젠가 싫증이 난다. 그러나 선량한 여자에게는 절대로 싫증내지 않는다."

결혼한 남자들끼리의 대화에서 이 말이 나오면 너도나도 수긍을 한다. 이 말이야 말로 진리 중의 진리요, 백번 지당한 말이라고 동의한다. 왜 결혼 전에 이러한 진리를 몰랐느냐고 한탄을 한다.

남편은 똑똑 소리가 날 정도로 똑똑한 아내를 별로 좋아하지 않는다. 시시콜콜한 것까지 원리 원칙을 따지는 여성을 부담스럽게 생각한다. 외양꾸미기에 돈을 펑펑 써대는 아내를 못마땅하게 생각한다.

그렇다면 남편들이 원하는 아내의 유형은 무엇일까? 두말 할 것도 없이 교양이 풍부한 아내이다. 이해심이 깊고, 온순하고, 검소하고, 귀를 즐겁게 해주는 아내이기를 바라는 것이다. 다시 말하여 좋은 옷, 화려한 장식으로 멋지게 외양을 꾸미는 모습에 마음을 끌리기보다 아내의 상냥하고 교양 있는 말에 마음이 끌리는 것이다.

그러나 세상에는 남편의 희망에 딱 맞추는 아내는 많지 않다. 오히려 남편의 바람에 역행하는 아내족들이 훨씬 많다. 그래서 가정 불화가 잦다.

특히 여성의 허영심에서 비롯되는 비교 심리는 남편을 진저리치게 만든다. '아무개는 어떻고 어떻다더라'로 시작되는 비교 심리는 공격적이고 심술궂은 데가 있다. 매사를 주변의 사람이나 친구와 비교하기를 좋아한다.

"아무개는 집을 샀대요. 우리는 언제나 그렇게……."

"아무개네는 중국으로 해외 여행을 간데요 글쎄. 그런데 우리는……, 하다못해 제주도라도 다녀와야 체면이 설게 아네요."

부러움 반 질투 반으로 토해내는 그 말들을 종합해 보면 대개가 체면이 우선이다. 친구를 만나기가 창피하다, 동네 사람보기에 부끄럽다는 것이 그 이유이다. 결국 자신의 체면만 중요시하는, 자주성(自主性)을 잃어버린 아내의 비교 심리는 남편의 가슴을 멍들게 한다.

다른 건 다 그만두고라도 남들은 어쩌구 하는 비교에는 딱 질색인 것이 남편들이다.

14
일찍 들어 오세요

이 제목을 보고 "차라리 입을 막고 살라고 하지." 하면서 필자를 질책하는 아내들이 틀림없이 있을 것이다. 그러나 남편의 입장에서 보면 필자의 치밀함에 새삼 감탄할 것이다.

"일찍 들어 오세요."

이 말을 다른 측면에서 생각해 보면 남편의 늦은 귀가가 많기 때문에 나온 말일 것이다. 따라서 이 말을 하는 아내의 표정과 말투가 좋을 리가 없을 것이다.

'체, 집에 오면 편안해야 일찍 들어올 마음이 생기지.'

남편은 속으로 이렇게 투덜거리면서 집을 나오고 있는지도 모른다. '남자란, 언제나 그렇지만 집에서 떠나 있는 시간이 가장 쾌활하다.'고 말한 사람은 셰익스피어이다. 일단 아내에게서 벗어나면 날개가 돋는 것이 남성의 보편적인 심리이다. 그래서 '남성은 영원히 철들지 않는 철부지'라는 말이 생겼을 것이다.

남편의 귀가 시계가 늦어지는 것은 대개 아내에게 문제가 있기 때문이라는 어느 여성지의 조사 결과를 읽은 적이 있다. 원망하고, 탓하고, 투덜거리고, 불평 불만을 토로하고, 바가지를 긁기 때문에 많은 남편들이 귀가 공포증에 시달리고 있다는 것이다.

영국의 철학자 베이컨은 이런 말을 했다.

"아내와 자식을 가진 남자들이란 마치 그들이 자신의 운명을 전당포에 저당잡힌 것으로 생각한다."

정말 그렇다. 이것은 남성의 가족에 대한 의무감에서 비롯된 것인데, 때때로 그 의무감이 무척이나 버겁게 느껴지기도 한다.

따지고 보면 남자의 일생이란 별게 아니다. 대의 명분이야 어떻든 간에 처자식을 먹여 살리기 위해 한평생 고난의 십자가를 짊어지고 살아가야 한다. 이 말을 좀더 가혹한 말을 빌어 표현하자면, 가장(家長)이라는 이름으로 불리우는 처자식의 노예인 것이다.

가장 노릇을 제대로 하기란 정말 힘이 든다. 처자식의 요구를 다 들어주어야만이 좋은 가장이란 소리를 듣는다. 형편상 그 숱한 요구들을 미처 들어주지 못하면 '무능한 가장'이란 오명을 감수해야 한다.

그렇기 때문에 전쟁터를 방불케하는 치열한 경쟁 속에서 죽을둥살둥 모르고 아등바등 최선의 노력을 다한다.

가장은 죽으나 사나 처자식을 부양할 돈을 밖에서 벌어들여야만 한다. 그러나 세상에 돈을 번다는 것처럼 힘든 일이 또 있을까. 보통 샐러리 맨들은 봉급을 타기 위해서 온갖 쓰라리고 험한 경험을 감수해야만 한다.

가장이라면 누구나 겪어야 할 가족 부양이라는 숙명적인 번민을 여자들은 잘 모른다. 맞벌이를 하는 여성이라고 할지라도 남편의 심리 상태와는 많은 차이가 있다. 아내들은 우선 믿는 구석이 있다. 자기가 벌지 않는다고 해도 남편이 있기 때문에 한결 당당할 수 있는 것이다.

그러나 남편들의 입장은 그렇지 않다. 실직이라도 하게 되면 큰일인 것이다. 밀려나지 않기 위해서 상사의 눈치를 봐야 하고, 때로는 마음에 내키지 않는 아부도 해야 하고, 자존심까지 팔아가면서 다른 사람의 비위를 맞춰야 하는 경우가 생기는 것이다.

인간 관계에서 생기는 스트레스는 참으로 무섭다. 모든 질병의 원인은 스트레스에서 생기는 것이다.

밖에서 이리저리 부대낀 남편이 안식을 취할 수 있는 곳은 가정밖에 없다. 어디까지나 가정은 휴식을 취하고 행복을 느끼는 장소여야 한다. 그런데 그 가정마저 스트레스를 가중시키는 장소라면 문제가 심각하다.

"퇴근하면 곧장 집으로 와야 해요."

아내의 이 가혹한 명령이 얼마나 남편족들을 절망시키는가. 바가지를 긁기 위해서, 불평 불만을 쏟기 위해서 빨리 들어오라고 하는데 어느 골빈 남편이 빨리 귀가하겠는가. 마땅히 아내된 사람은 이 말을 거듭거듭 생각해 보기 바란다.

15
이제 내가 싫지요?

　'여자'하면 이젠 알 것도 같은데 사실은 아직도 의문 투성이다. 내가 이상하게 느끼는 것은 — 많은 남성들이 나와 같은 생각을 하고 있겠지만 — 한창 나이인 젊은 여성들이 스스로 자기를 늙었다고 한다는 점이다. 이마에 주름살이 하나 생긴 것을 가지고도, 눈밑에 그늘이 진 것 하나를 가지고도 여성들은 자기 자신이 늙었다고 믿는 것 같다.

　아마도 이것은 소위 서양 사람들이 말하는 '오리엔탈 에이지(oriental age 동양적인 나이)'가 아닌가 한다. 다시 말하자면 몸은 젊은데 마음이 나이보다 앞서 늙어 버린 상태를 말하는 것이다.

　왜 이러한 이율 배반(二律背反)이 생기는가. 모르기는 해도 남성 주도 사회에서 여성이 느끼게 되는 잠재적인 피해 의식의 작용이 클 것이다. 예컨대 사회에 참여하는 남편과 비교해서 자기는 세상 돌아가는 것을 모르고 점점 퇴보한다고 믿는 것이다.

"나도 이젠 아줌마가 다 되었어!"

아내들은 아이를 한둘 낳고 나면 스스로 이런 감정에 사로잡혀 슬픔에 잠기기도 한다. 그리고 그렇게 인정한다는 것이 슬프고도 불안하여 남편에게 확인을 한다.

"이렇게 늙어 버린 내가 이젠 싫죠?"

아내들은 애교처럼, 혹은 푸념처럼 이런 소리를 한다. 남편이 '그렇지 않다'고 말해 주기를 바라면서 그런 질문을 하고 있는 것이다.

그러나 그런 말을 듣는 남편의 마음은 복잡해지게 마련이다. 마음의 젊음을 잃어버린 '그 아줌마'의 모습에서 불현듯 환멸을 느끼는 수가 더 많은 것이다.

요는 나이가 문제가 아니라 마음이 문제이다. 마음이 젊다면 육체는 마치 그림자가 따르는 것처럼 젊음이 유지되는 것이다. 날마다 거울 앞에 앉아서 화장을 하는 여자— 매일의 화장을 빠뜨리지 않는 것처럼 마음의 화장을 하는 것은 어떨까? 환갑이 넘어서도 꽃다운 처녀의 감성을 간직할 수 있다면, 그 아내와 함께 사는 남성은 누구보다 행복할 것이다.

16
지금도 그 여자 생각이 나죠?

인간은 누구나 남에게 알리고 싶지 않은 비밀이 있다. 그 알리고 싶지 않은 비밀은 육체적인 것도 있고 정신적인 것도 있어 사람에 따라 각각 다르다. 그것은 일종의 치부(恥部)라고 할 수 있을 것이다.

남에게 알려지면 창피하고 곤란한 일이 누구에게나 한 두 가지는 있다. 특히 부부간에 있어서 과거의 연인에 대하여 말하는 것은 지극히 어리석은 일이다. 연애 중이나 신혼 초에—서로가 상대에게 도취되어 있을 때—무심코 자기의 과거를 말했다가 나중에 두고두고 가정 불화의 불씨가 될 수도 있다.

영국의 작가 하디(Hardy, T.)의 장편 소설 《테스》를 읽은 사람이 많을 것이다.

순진한 시골 처녀 테스가 방탕아 알렉의 유혹에 넘어가 사생아를 낳고 버림을 받는다. 그 후 목사의 아들 엔젤 클레

어와 연애 결혼하였으나 불행했던 과거를 고백함으로써 또다시 버림을 받게 된다. 연거푸 불행한 운명에 휩싸인 테스는 끝내 알렉을 죽이고 단두대(斷頭臺)의 이슬로 사라진다는 것이 《테스》의 줄거리이다.

테스의 비극은 문학작품 속의 이야기만은 아니다. 오늘도 그 비극이 상존하고 있으며 앞으로도 계속 이어질 것이 분명하다.

필자가 만났던 이혼자들 중에 과거로 말미암아 이혼한 사람들이 꽤 많다. 여기에서 그들의 이야기를 잠시 소개하고자 한다. 물론 나는 나와 대화에 응해준 사람들의 프라이버시를 언제나 존중한다. 단지 사실이 중요한 것이므로 그들의 실제적인 이름은 밝히지 않고 이야기를 하고자 한다. 한 남자와 한 여자의 이야기이다.

P여사는 결혼 2년 만에 이혼을 했다. 원인은 첫날밤의 고백 때문이었다.

결혼식을 끝내고 두 사람은 하와이로 신혼 여행을 떠났다. 그런데 신랑이 비행기 속에서 뜻밖의 제의를 했다. 부부는 양심에 거리낌이 없어야 한다면서 결혼 전의 이성 교제를 허심탄회하게 이야기하자는 것이었다.

그리고 자기부터 결혼 전에 사귄 여러 여자들의 이야기를 했다. 육체 관계까지 맺었다고 솔직하게 고백한 다음에 신부에게 용서를 빌었다. 이제는 결혼을 했으니 죽어도 그런 불장난은 하지 않겠노라고 맹세를 했다.

"이제 당신이 고백할 차례예요."

신랑의 이 말에 P여사는 망설였다. 선배 언니와 친구들로부터 여자는 자기의 과거를 절대로 말해서는 안된다는 충고를 들었기 때문이었다.

하와이에 도착하여 관광을 하면서도 신랑은 은근한 목소리로 고백을 강요했다.

"현대 여성치고 연애 경험이 한두 번 없는 사람이 어디에 있겠소. 만약 있다면 어디가 모자라거나 문제가 있겠지요. 사실 얼마나 매력이 없었으면 결혼할 나이가 되도록 남자 하나 따르지 않았겠어요. 나는 그렇게 매력없는 여자를 아내로 선택했다고 믿고 싶지 않아요."

신랑은 교묘한 말로 신부의 마음을 살살 구슬렸다. 마음이 여린 그녀는 연애를 했던 적이 절대 없었다고 딱 잡아뗄 수가 없었기 때문에 자꾸만 머뭇거렸다.

"좋아요. 정말 연애 경험이 없었던 모양이군요. 오늘밤에 보면 알겠지요."

신랑의 이 말에 신부는 가슴이 두근거리기 시작했다. 이미 날은 저물고 있었다. 이제 곧 호텔에 도착하면 있게 될 초야의 정사(情事)가 두려웠다. 그녀는 오래전에 처녀성을 상실했기 때문이다.

그녀는 고민 끝에 과거를 고백했다. 자기도 두어 사람과 교제를 했는데, 어쩌다 실수로 딱 한 번 육체 관계를 맺은 적이 있다는 사실을 털어놓았다.

"그렇군요. 그럴 수도 있지요……."

신랑은 신부의 고백을 듣고도 상당히 너그러운 태도를 보였다. 신세대답게 과거는 과거일 따름이니 이제는 깨끗이 잊고 새출발을 하자고 했다.

무사히 첫날밤을 치른 신부는 고백을 했던 것이 오히려 잘했다는 생각이 들었다. 과거까지 포용해 주는 남편의 넓은 아량이 더없이 믿음직스러웠다.

그런데 문제는 서서히 생기기 시작했다. 한달 두달 세월이 흐르면서 남편의 표정이 밝지 못했다. 술을 마시는 날도 많아졌고 귀가 시간이 차츰차츰 늦어졌다.

6개월 정도가 흐른 어느 날 밤, 거나하게 술에 취한 남편이 문제의 말을 입에 담았다. 성교가 막 끝난 직후였다.

"옛날 그 남자와 테크닉을 비교하면 누가 더 괜찮아?"

그 말을 들은 P여사는 갑자기 몽둥이로 뒷통수를 맞은 것처럼 충격을 받았다.

"누가 더 괜찮냐고 묻잖아!"

남편의 말투가 거칠어 지기 시작했다. 그리고 이것을 시작으로 하여 유치한 말, 입에 담기조차 민망한 말을 함부로 뱉으면서 폭행으로 이어졌다.

P여사는 고통으로 세월을 보내다가 끝내는 이혼을 했다.

시대가 아무리 변했다 하더라도 인간의 본질적인 감정은 크게 변하지 않는다. 남편이 자기 아내에 대하여 정조를 요구하고, 자기의 배우자 만큼은 순결을 요구하는 것이 그 대표적인 경우에 해당된다.

어느 여류 작가는 '남자처럼 위대한 이기주의자는 없다'고 했다. 사실이 그렇다. 남자는 여자보다 훨씬 많은 불륜을 저지르고 있고, 훨씬 많은 과거를 지니고 있다.

그럼에도 불구하고 여성의 불륜과 과거에는 냉혹한 반응을 보인다. 좀처럼 용서하지 않는다. 무섭게 단죄를 한다.

"결혼 후 아내 이외의 여성과 성관계를 맺은 적은 있는가?"(㉖번 문항)

불륜(不倫)과 관련된 이 질문에서 남성들의 극단적인 이기심이 적나라하게 드러났다. 87%의 남성들이 외도 경험이 있었으며, 이중 14%만이 양심의 가책을 느꼈다고 응답했다. 이에 반하여 아내의 불륜을 용서할 수 없다가 거의 100%에 육박했다. (98%)

이 얼마나 뻔뻔스런 마음을 가지고 있는가. 기회만 있으면 다른 여성들에게 한눈을 파는 주제에 아내들의 불륜은 도저히 용납하지 않겠다고 하고 있는 것이다.

정말 얼토당토 않는 남성의 이기심이지만, 생겨먹기를 그렇게 생겨먹은 것을 어떻게 하겠는가. 이러한 남성의 심리가 개벽(開闢)하기 전에는 프리 섹스 풍조는 여성을 점점 불행하고 슬픈 존재로 만들 것은 자명하다.

사실 몸을 함부로 굴리는 여성을 사랑할 남성은 참으로 드문 것이다. 고상하지 못한 표현이 되겠지만—남이 이미 착용했던 팬티를 찜찜하다는 느낌이 없이 착용하는 사람이 없을 것처럼—자기의 아내가 다른 남자에게 몸을 더럽힌 여자라는 사실을 알았을 때 남편의 감정은 거의 미칠 지경이 되는 것이다.

"지금도 그 여자 생각이 나죠?"

K씨는 아내의 이 말 때문에 이혼에 이르게 된 남자이다. 꽤나 미남자였던 그는 미혼 시절 여성들에게 인기가 많았고, 아내와도 오랜 연애 끝에 결혼에 골인했다.

K씨의 아내는 무척 저돌적인 여성이었다. 이미 다른 여성과 교제를 하고 있었던 K씨를 끈질기게 유혹하여 가로챈 것이다.

"사랑은 쟁취하는 것. 나는 처음부터 그녀와의 경쟁에서 이길 자신이 있었어."

이러한 성격의 여성이었기 때문에 K씨의 과거는 문제가
될 리가 없었다. 그러나 결혼 후 K씨의 아내는 곧잘 그 일
을 입에 담았다. 농담 비슷한 말로 그 여자의 이모저모를 말
하다가 결국에는 상상을 비약시켰다.

"당신, 혹시 지금도 그 여자를 만나고 있는 것은 아냐?
아무래도 의심스러워."

처음에 그 말을 들었을 때 K씨는 웃었다. 그러나 툭하면
그 말을 입에 담고 의심의 눈초리를 보내기 시작하자 참지
못하고 분통을 터뜨렸다. 말다툼을 했다. 험한 말이 오고
갔다. 치고 할퀴는 난투극을 계속하다가 마침내는 싸움의
종지부를 찍었다. 이혼을 함으로써 영원히.

아아, 죄 많은 여성의 의심이여!

남편의 옛날 애인이 그렇게도 궁금하단 말인가. 남편이
무슨 생각을 하고 있는 것까지 알아야만 속이 시원하단 말
인가. 만약 그런 아내가 나의 독자 중에 있다면 토머스 모어
(More, Thomas)의 다음 말을 들려주고 싶다.

"자기가 알고 있는 것을 모두 다 그 아내에게 지껄이는 남
자란 하나도 없다. 그러나 어리석은 아내는 그것을 캐려고
애쓴다. 자신의 본분을 망각하고 끝내 버림받고 만다."

• 절대로 가장 절박한 상황까지 나아가서는 안된다. 그것이 부부 생
활의 첫번째 비결이다. —도스토예프스키—

17
내가 있으니 이만 하지

오랜 세월을 함께 살다 보면 아내들은 남편의 존재에 다소 무감각해지는 것은 사실이다. 또한 남편을 과소 평가하고 얕잡아보는 마음이 생긴다는 것도 지적하자 않을 수 없다. 설령 그 남편이 철학 박사라 할지라도 아내는 그 남편을 무시하는 마음이 있는 것이다.

모를 것이 여자의 마음이란 말도 있듯이 약한 듯하면서도 강하고, 단순한 듯하면서도 복잡한 것이 여자다. 윽박지르면 죽은 듯이 양순해졌다가도, 조금만 얕보이면 전제 폭군처럼 군림하는 등으로 조화를 부린다.

필자의 졸저 중에 《공처가 별곡》이라는 책이 있다. 이 책에서 나는 여러 유형의 악처(惡妻)들을 소개했고, 악처가 되는 과정을 비교적 상세하게 기록했다. 그 일부를 여기에 다시 소개한다.

　우주의 모든 삼라계(森羅界)는 음양(陰陽)으로 되어 있고, 이들은 또 서로가 배합 관계를 이루고 있다. 이것이 음양 오행설(陰陽五行說)의 기조이다.

　음양의 법칙에서 남자는 양(陽)이요, 여자는 음(陰)이다. 그러기에 옛날부터 남성은 산(山)에 비기고, 여성은 물(水)에 비겨 왔다. 사시 사철 요지부동하는 산의 기개는 남성과 같은 것이고, 잠시도 쉼없이 흘러가는 물의 성품은 여성의 정(情)이라고 정의했던 것이다.

　흔히 쓰는 비유지만, 물은 담기는 그릇에 따라 달라진다. 둥근 그릇에 담기면 둥글어 지고, 모난 그릇에 담기면 모가 진다. 길쭉한 그릇에 담기면 길쭉해 지고, 작달막한 그릇에 담기면 작달막해 지는 특질을 가지고 있다.

　또한 한강(漢江)을 도도히 흐르는 물이 있는가 하면, 이미 대해(大海)를 이루고 있는 물도 많다. 그런가 하면 산골짜기에 졸졸 흐르다가 어느 웅덩이에 담겨져 썩어가는 물도 있다. 그 본질에 있어서는 조금도 다를 것이 없는 물인데도, 때와 장소와 조건에 따라 천차 만별의 모습을 보이고 있는 것이다.

　물에 비유되는 여자도 그릇(남편)에 따라 변하는 것은 마찬가지라 할 수 있다. 아내는 그 남편에 따라 현처(賢妻)도 될 수 있고, 악처도 될 수 있다. 정녀(貞女)가 되기도 하고, 요녀(妖女)가 되기도 한다.

　이 말을 달리 풀이하면, 악처가 되는 원인을 남편이 제공했다는 말이 된다. 먼저 원인을 제공해 놓고 결과에 고통받는 남자들이 있다면, 그들은 자업 자득이므로 다소 불만이 있더라도 참고 살아가기 바란다.

나의 공처가 연구에 따르면, 자고로 공처가치고 애처가 아닌 사람은 드물었다. 아내를 끔찍이도 사랑했기 때문에 결혼 초에 버릇을 잘못 길러 놓아서 결국은 공처가로 일생을 허덕이고 있는 것이다.

사람의 습관은 무섭다. '세 살 버릇이 여든까지 간다.'라는 속담이 있듯, 초창기에 나쁜 버릇을 단단히 잡아 놓지 않으면 그것이 습관으로 굳어져 나중에는 바로잡기 힘들게 된다.

깨가 쏟아지는 신혼의 아침을 생각해 보자.

보통 신혼 부부들은 젊음과 사랑이 넘쳐 잠을 설치면서까지 몇 차례 사랑을 나누는 것이 예사이다.

서둘러 출근을 해야 하는 남편이 졸린 눈을 비비며 일어났을 때, 아내는 아직까지도 꿈속에 취해 있다. 눈에 넣어도 아프지 않을 사랑스런 아내가 곤히 자고 있는데 깨우기가 그렇다. 그래서 대충 보온 밥통 속의 밥을 한 술 뜨거나 아니면 숫제 굶고 출근한다.

이런 일이 몇 번인가 계속되면 마침내 습관이 된다. 아내는 남편이 출근을 하건 말건 드르렁 쿨쿨하게 되는데, 이때는 이미 그 버릇을 바로잡기가 쉽지 않다.

"여보, 일어나! 나 출근해야 하잖아!"

"어휴, 나 지금 무척 피곤하고 졸려요. 지금껏 혼자서도 잘했잖아요."

이런 말을 지껄이면서 이불을 푹 둘러쓰면 남편의 입장에서는 당연히 울화통이 치밀어 오른다.

그렇다고 화를 내면 말다툼이 되고, 또 출근에 지장을 받음으로 많은 경우는 참는다. 이것이 문제의 시발점이다.

늘 제멋대로인 행동을 용서할 때 문제가 된다. 남편이 깨웠을 때 벌떡 일어날 여자라면 애당초 늦잠도 자지 않는다. 몇번이고 거듭 늦잠을 자는 여자라면, 그것은 결혼 전부터의 습관이라고 할 수 있다.

부모도 바로잡지 못했던 그 악습을 애송이 남편이 어찌 바로 잡을 수 있단 말인가.

남편의 성격이나 행동에 따라 아내의 성격이 변한다는 필자의 믿음은 지금도 변함이 없다.

부부 관계가 일정한 형식에 의해서 엮어지게 되면 이른바 매너리즘이라는 함정에 빠지게 된다. 서로의 존재에 대한 인식이 부족해져서 행동이나 말씨, 몸차림 등에서 상대를 의식하지 않고 자신이 편한대로 행동하게 되는 것이다.

이때 버릇없고 건방진 아내들은 숫제 남편을 깔아 뭉개려고 한다.

"내가 있으니 이만 하지 다른 사람 같으면……."

"나나 되니까 당신 같은 사람과 살아주는 줄이나 알아요……."

마치 자기가 쥔 고삐 하나로 마음대로 방향을 바꿀 수 있다는 듯이 으시대는 꼴은 차마 눈 뜨고는 보아주기 어렵다.

아내의 이 말을 들은 남편은 이렇게 중얼거리리라.

'체, 정말 웃기고 있네. 나나 되니까 당신처럼 고약한 여편네를 데리고 사는 줄이나 알라구!'

당신은 어쩔 수 없어

어떤 여성이라도 마음속 어딘가에서는 남자로부터 보호
받고 싶어하는 심리가 있다. 자립 능력을 갖고 있는 여성조
차도 그런 관념을 가지고 있으며, 그렇지 않은 여성들은 허
약한 남성에 대하여 일종의 증오감을 가지고 있다.

그러나 완벽한 인간이란 존재하지 않는다. 특히 남편으로
서 아내를 압도하여 승복시킨다는 것은 쉽지 않은 일이다.

"남의 사소한 결점을 드러내어 그의 큰 미덕을 덮어 버
린다면 온 천하에 성왕(聖王)이나 현명한 재상(宰相)이 한 사
람도 없을 것이다."

회남자(淮南子)의 이 말은 우리에게 시사하는 바가 크다.
아무리 훌륭한 사람이라도 측근자의 눈에는 썩 대단한 것으
로 보여지지 않는 것이다. 왜냐하면 측근자는 그 사람의 결
점을 발견하게 되기 때문이다.

사람이나 사물이나 언제나 저만치가 좋다. 저만치의 거리

를 두고 바라볼 때가 좋다. 산하(山河)를, 꽃을, 무지개를
멀리서 바라보듯, 사람은 저만치의 거리에서 바라보아야
한다.

저만치의 거리에는 신비 의식이 있다. 장점에 가려진 결
점을 파악하지 못한 데서 비롯된 신비 의식이다. 그런데 너
무 가까이 다가가서 사소한 것까지 낱낱이 알게 되면 그 신
비감은 탈색(脫色)내지 변색(變色)이 된다.

언젠가 나는 차를 마시다가 우연히 어느 중년 부인들의
대화를 엿들은 적이 있다.

"유능하고 훌륭한 남편과 사니까 속 썩을 일이 없겠지?"

이 말에 훌륭한 남편(?)을 둔 아내는 고개를 저으며 시니
컬하게 대답했다.

"너도 한번 살아봐라……."

그 부인의 대답은 겉으로 보기에만 훌륭하다는 것이었다.
이것저것 간섭이 너무 심하다, 말투 하나하나에서 행동거지
하나하나에 이르기까지 꼭 참견을 하는 천하에 없는 좀팽이
라는 것이었다.

나는 그 부인의 남편이 정말 '좀팽이' 같은 사람인지는 확
인할 길이 없었다. 그러나 적어도 저만치의 거리를 두고 보
는 그녀의 친구들 눈에는 유능하고 훌륭한 사람인데, 그 아
내에게는 '좀팽이'라는 사실이 중요한 것이다.

"당신은 어쩔 수 없어……."

남편의 존재를 신통찮게 여기는 아내들이 흔히 쓰는 말
이다. 마치 잘못한 아이를 꾸짖고 있는 듯한 아내의 말투를
듣고 있는 남편의 심정은 어떠할까.

"남편이 잘한다면 내가 그러겠어요."

이 항목을 읽고 이렇게 따지고 싶은 아내들이 있을 것
이다. 아아, 그러한 교만, 그렇게도 딱한 교만은 어디에서
비롯되는 것인가.

그런 말을 하는 아내들을 보면 마치 자기는 완전 무결한
사람이라고 생각하고 있는 것 같다. 과연 그런가?

분쟁은 항상 교만에서 비롯되는 것이다. 《성경》의 잠언에
는 이런 말이 나온다.

"허물을 덮어 주는 자는 사랑을 구하는 자요, 그것을 거듭
말하는 자는 친한 벗을 이간하는 자니라."(잠언 19 : 9)

사람은 내가 불완전한 존재이기 때문에 타인의 불완전한
점도 이해해 주는 것이다. 그리고 세상의 모든 남편들은 아
내가 주제넘게 관리하려 드는 것을 좋아하지 않는다.

• 결혼은 일체의 것을 삼키는 요물과 부단히 싸우지 않으면 안된다.
그 요물이란 습관을 말한다. ─발자크─

19
그 애는 다 틀렸다

독일 최대의 문호 괴테처럼 인생을 그 높이와 깊이에 있어서 고루 잘 아는 사람은 드물 것이다. 그는 "아들의 재능을 시새우지 않은 것은 아버지뿐이다."라고 했다.

괴테는 왜 이 말에 '부모'라는 단어를 쓰지 않고 '아버지뿐'이라고 했을까? 여러분은 여기에 주목할 필요가 있다.

여자는 이성보다는 감성에 더 밀접한 생물이다. 아무리 품위 있는 여성이라도 남성들에 비하면 마음이 변하기 쉽다. 태연 자약하게 동일한 기분을 갖고 있기가 어려운 것이다.

그 이유는 신경면에서 매우 민감하고, 또 신체적으로도 여러 가지 불쾌한 감정에 영향을 받기 쉽기 ─ 이것은 남성들이 전혀 상상도 할 수 없는 부분이다 ─ 때문이다.

그래서 여성은 극단적인 감정에 지배되는 경향이 있다. 남편이 싫으면 그 자식들마저 싫어하는 감정이 이것을 단적으로 설명하는 좋은 예이다.

아내가 자녀를 질책하고 꾸짖는 이면에는 남편에 대한 불만이 숨어 있는 경우가 많다. 다시 말하자면, 대놓고 남편을 질책할 수 없으니까 자녀를 꾸짖고 있는 것이다.

"저 녀석은 다 틀렸어……."

"누구를 닮아가지고 저렇게 말썽을 피우는지 모르겠어."

자녀의 자존심을 여지없이 뭉개 버리는 극언(極言) 속에 숨어 있는 여자의 간교한 의도를 남편은 예민하게 감지한다. 그 모멸감이 날카로운 창날이 되어 직접적으로 남편의 가슴을 찌르기 때문이다.

좋지 않은 의도를 가지고 남편 앞에서 자녀를 꾸짖는 아내는 남편과 자녀를 동시에 적으로 만들고 있는 것과 같다.

20
무식한 주제에

의무 교육 이상의 사람, 학위를 가지고 있는 사람, 또는 좋은 학교를 나온 사람은 그렇지 못한 사람에 비하여 자기가 뛰어나다고 생각하는 일이 있다. 이것을 지적 속물 근성(知的俗物根性)이라 한다.

남자가 대체로 사람을 평가하는 데 있어서 '지적'이라는 것은 전체의 한 부분에 불과하다. 그렇지만 여성에게는 매우 중요한 가치 기준이 됨과 동시에 사람 평가의 잣대가 된다.

지적 속물 근성이 강한 여성은 상대적으로 그렇지 못한 상대를 한층 아래로 평가한다. 특히 남편에 비하여 아내의 학력이 높거나 유식할 경우에는 이러한 현상이 두드러진다.

"무식한 주제에 뭘 안다고 나서요."

사사 건건 남편의 무식을 들먹이며 남편을 주눅들게 하는 아내, 자기의 학벌을 내세워 가정의 실권을 완전히 장악하

고 있는 아내와 함께 사는 남편은 불행한 사람이라 아니 할
수 없다.

간혹 뛰어난 능력을 갖고 있는 여성이 무능한 남성과 결
혼하고 싶어하는 경우가 있다. 그 원인은 굴절된 지배욕 때
문인데, 서로가 불쾌한 장래를 각오하지 않으면 안된다.

아내의 안색이나 지시에 의해 자신의 의사나 친구 관계,
사물을 바라보는 견해 등이 좌우되는 남자, 중요한 비밀 사
항이 있으면 먼저 아내의 지시를 받지 않으면 안되는 남자
—이런 남자는 여성들이 봐도 역시 웃음 거리일 것이다.

21
꼴에 남자라고

말이란 사람의 사상이나 감정, 의사를 상대에게 표현하고 전달하는 가장 보편적이고 직접적인 커뮤니케이션이다. 아울러 개인의 인격이나 교양이 가장 잘 드러나는 표현 수단이기도 하다.

말이 일상 생활에서 얼마나 큰 영향을 미치는 것인가에 대해서는 굳이 설명하지 않더라도 모두가 잘 알고 있을 것이다. 그리고 어떤 말이 좋고 나쁜 말인지를 판단하지 못하는 사람은 드물 것이다.

사람들 중에는 인사말 한마디에도 정이 흠뻑 들게끔 하는 사람이 있다. 밝고 상냥한 목소리로 기분을 흐뭇하게 만드는 사람도 있다. 반면에 말 속에 뼈를 심는 사람, 비양거리는 말이나 곱지 않은 표현으로 감정을 상하게 만드는 사람도 있다. 그런 사람을 만나면 마치 상대방의 기분을 나쁘게 만드는 것이 그들의 목적인가 하는 의문이 생긴다.

세상에는 말 한마디 잘못하여 큰 봉변을 당한 사람들이 많다. 말 한마디 때문에 주먹다짐을 하고 살인까지 하는 경우가 비일비재하다.

"꼴에 남자라고……."

얼마나 모욕적인 말인가. 홧김에 아내가 남편에게 내뱉는 이 한마디는 십중팔구 무서운 결과를 부르게 되는 것이 오히려 당연하다. 만약에 이런 말을 듣고 주먹을 날리지 않는 남편이 있다면, 성인군자이거나 뭔가 부족한 남자 중의 한쪽에 해당될 것이다.

22
당신 믿다가는

❦

부부 싸움은 어떤 조그만한 트집만 생기면 일어난다. 예를 들자면 치약을 쓰고 뚜껑을 닫지 않는다든지, 부엌 싱크대에 그릇이 잔뜩 쌓여 있다든지, 방안이 어지럽혀져 있는 것 등이 부부 싸움의 요인이 되는 것이다.

"치약을 썼으면 제발 좀 뚜껑을 닫아요. 그런 것까지 내가 일일이 말해야 해요?"

남편도 여기까지는 참을 수 있다. 그런데 다음이 항상 문제이다. 그 다음이란 계속 이어지게 되는 아내의 잔소리이다. 아내의 잔소리란 마치 개꼬리에 매달아 놓은 깡통과 같아서 혀를 놀리면 놀릴수록 우당탕탕 요란한 소리를 내게 되는 것이다. 엉뚱한 트집을 잡기가 일쑤이며, 원래 잔소리를 하기 시작했던 주제와는 관계가 없이 깊은 혼돈 속으로 몰고간다.

아내가 무엇을 부탁을 했는데 남편이 하지 않았다. 깜빡

잊었거나 손쉽게 할 수 없는 일이었기 때문일 수도 있다. 아니면 남편의 성격적인 게으름 때문일는지도 모른다.

"당신 믿다가는 해 넘어 가고 말지……." 어쩌구로 시작되는 아내의 잔소리는 애써 중단시키지 않는다면 끝없이 이어진다. 또 이 말은 남편의 능력에 관한 지적일 수도 있다. 변변치 못한 당신을 믿고 있다가는 세상을 살아갈 수 없다는 푸념인 것이다.

불평 불만을 토로하여 인간의 나쁜 습관이 고쳐질 수 있다면 세상에 문제는 아무 것도 없을 것이다. 비록 남보다 무능한 남편, 남보다 뛰어나지 못하는 남편이라도 자기 일생의 반려자로 택한 이상 그 실체에 대한 불만을 토로해서는 안된다.

거듭 말하는 바이지만, 무능력을 지적하는 말처럼 남편의 가슴을 아프게 하고 슬프게 하는 것도 없다. 만약 그 남편이 열악한 조건과 환경 속에서 나름대로 최선을 다하고 있는데 아내로부터 그런 말을 듣는다면 '절망에 넋이라도 팔고 싶은 심정'이 될 것이다.

한 인간이 절망에 넋을 팔면 물불을 가리지 않게 된다. 파괴적인 감정에 지배되어 무섭고도 끔찍한 사고를 일으킬 가능성이 많은 것이다.

23

어휴, 지겨워!

앙리 4세라고 하면 프랑스의 유명한 명군(名君)이며 프랑스를 근대 국가로 통일시킨 영웅이다. 뿐만 아니라 "영웅은 색을 좋아한다."라는 속담과 같이 그는 그 방면에도 특출한 명장이었다. 그는 자신의 눈에 드는 여자면 신분의 고하를 막론하고 정복했다.

그러므로 보다 못한 대승정이 직접 그에게 간언을 했다.

"폐하, 폐하께서 여색을 탐하는 것이 너무 지나치시다고 신하들의 걱정이 이만저만이 아닙니다."

왕은 미소를 띠고 그 말을 듣더니 고개를 끄덕였다.

"잘 알았소. 그대의 말대로 앞으로는 행실을 조심하여 신하들의 걱정을 끼치지 않도록 하겠소."

왕은 순순히 대승정의 간언을 받아들인 다음 다시 이렇게 덧붙였다.

"그런데 한 가지 걱정이 있소."

"폐하, 그 걱정을 말씀 하십시오."

"음, 짐이 여자 문제만은 의지가 약하다는 것을 대승정도 익히 알 것이오. 지금은 이렇게 단단히 마음먹어도 2,3일 후에 또다시 결심이 흔들릴지도 모르는 노릇이니……, 청컨대 1주일쯤 궁궐에 머물면서 나를 감시하다가 내가 또 마음이 약해지면 일깨워 주시오."

그리하여 대승정은 궁궐에 머물게 되었다. 왕은 궁중 요리사를 은밀히 불러 대승정의 매끼 식사마다 뱀장어 요리만을 주게 했다. 뱀장어는 대승정이 가장 좋아하는 요리였다. 그러나 끼니마다 1주일씩이나 먹다보니 그만 진절머리가 나서 식탁에 앉기도 싫었다.

그뿐이 아니었다. 뱀장어의 냄새만 맡아도 울컥 구역질이 날 정도로 기분이 상하는 것이었다. 대승정은 더 이상 견딜 수 없어서 왕의 눈치를 봐가며 불평을 아뢰었다. 그러자 왕은 마치 기다리고 있었다는 듯이 껄껄 웃으며 이렇게 말했다.

"그것 보라구! 그대가 아무리 좋아하는 뱀장어지만 매일매일 먹으니까 이젠 보기도 싫어졌지?"

"그러하옵니다."

"바로 그거야! 여자도 매일매일 대하면 진절머리가 난단 말야, 알겠어?"

필자가 왜 이런 예화를 소개했을까? 여러분도 이미 짐작했으리라. 사람이 매일 똑같은 일을 되풀이 한다는 것처럼 지겹고 괴로운 일이 어디에 있을까.

그렇다. 아무리 재미있고 즐거운 일이라고 하더라도 그것이 계속 반복된다면 진절머리가 나는 것이다. 이것은 직업을 가지고 있는 사람이나 직업이 없는 사람이나를 막론하고 되풀이 되는 일상 생활에서 겪게 되는 감정이다.

직장 남성은 권태롭고 피곤하다. 가정 주부도 마찬가지이다. 이른 새벽부터 밤늦게까지 그저 정신없이 뛰어다니다 보면 하루가 가고 한달, 일년, 십년이 어느새 지나가 버린다. 돌이켜보면 같은 사무실에서 똑같은 일을 다람쥐 쳇바퀴 돌 듯 되풀이하며 지난 것 외에 아무것도 없는 것 같다. 그래서 어느 철학자는 '인생 그것 자체가 무섭게도 무의미하게 되어 있다'고 말한 바 있다.

목표 달성을 위해, 생존 경쟁에 밀리지 않기 위해 신경을 곤두세우고 쫓기듯이 달려가야만 하는 것이 보통 직장 남성들의 일과이다.

단정적으로 말해서 남편의 직업이란 언제나 한가지 일밖에 하지 못한다. 가정 주부가 밥하고 빨래하고 집안 청소를 하는 것이 일과이듯이 남편의 일도 그것과 흡사한 반복의 연속인 것이다.

그러나 남편의 직업과 아내의 가사에는 차이가 있다. 그속에 긴장감과 절박함이 있고 없고의 차이이다. 이 문제에 좀더 이야기를 해보자.

일반적으로 직업 세계는 경쟁과 적응을 강조한다. 직장 동료간은 물론 회사의 규율을 잘 지켜야 한다. 윗사람의 지시도 잘 따라야 한다. 개인의 의견이나 주장보다는 회사의 분위기나 풍토에 잘 순응해야만 승진도 잘할 수 있다. 말하자면 회사가 요구하고 있는 한가지 일에 로보트처럼 잘 움직여만 주면 되는 것이 직장 남성들이 해야할 일이다. 개성도 주관도 없이 대자본이란 산업 체제 속에 그저 끌려가고 있는 것과 무엇이 다르단 말인가.

그리고 살아남기 위한 몸부림이 얼마나 격렬한 것이 직업의 세계인가. 언제 회사가 도산이 되지는 않을까? 또 언제 직원의 감원은 없을까? 승진에서 탈락되는 것이나 아닐까? 하는 불확실한 미래에 대한 초조감에 시달리면서 일을 하고 있는 것이다.

이러한 요소, 즉 불안과 초조와 긴박감이 스트레스를 가중시킴과 동시에 반복되는 일의 단조로움을 물리치게 하고 있는 것이다.

반면에 아내의 일은 어떠한가. 우선 경쟁할 상대가 없다. 때문에 긴박감 또한 없다. 일을 못한다고 실직할 염려도 없어서 불안과 초조함도 느끼지 않는다.

"어휴, 지겨워!"

아내의 이 말은 단조로운 일상을 지겹게 여기기 때문에 터져나오는 비명이다. 어찌 생각하면 ─ 직업에 불만족을 느끼면서도 꾹 참고 견디고 있는 남편들의 입장에서 보면 ─ 행복에 겨워 토해내는 투정으로 밖에 들리지 않을 것이다.

일상 생활에서 오는 권태로움은 그 누구도 피할 수는 없다. 밖에서 온갖 스트레스를 받고 귀가하는 남편에게 토해내는 아내의 '지겨워 타령'은 얼마나 세상 물정을 모르는 투정인가.

세상의 아내들이여, 피곤한 남편의 심신에 '지겨워 타령'으로 피곤을 가중시키지 말라. 오히려 치열한 경쟁과 불안 초조감에 시달리지 않고 하루를 보낼 수 있는 자신의 행복을 헤아리며 남편을 위로하는 것이 어떨까?

24
꼴도 보기 싫어요

오해와 비난을 무릅쓰고 말하지만, 대부분의 여자들은 아내라는 이름을 얻고 몇 달 경과하여 조금 익숙해지면 수줍음을 잃고 단번에 건방져 버리는 생리를 가지고 있는 것 같다.

그것은 말투에서부터 드러난다. 앞뒤를 가리지 않고 감정대로 말을 내뱉는 것이다. 대체로 여자는 남자보다 말씨가 빠른 경향이 있다. 여자는 감각이나 감정에 의해서 지껄이는 것에 그 원인이 있다고 한다.

"꼴도 보기 싫어요."

깊이 생각하지도 않고 던진 아내의 이 말 한마디에 남편의 마음은 차갑게 변한다. 아내에 대한 정이 삼천리 밖으로 떨어진다.

어느 철학자는 '여자는 사형장에 끌려갈 때라도 화장할 시간을 달라고 한다'고 했던 것처럼 여성은 본능적으로 외

양꾸미기를 좋아한다. 남에게 보다 아름답게 보이기 위하여
화장을 하고 액세서리 등으로 몸치장을 한다.

역시 액세서리는 없는 것보다 있는 편이 좋다. 복장을 살
려 주고 더 아름다워 보여 사람들의 눈길을 끌기 때문이다.
그러므로 액세서리를 한 모습은 보다 좋아 보인다.

말도 마찬가지이다. 상대의 마음을 달래 주는, 기분을 상
하게 하지 않는 한마디는 그 여성의 품격을 한층 높이는 것
이다. 곱게 분단장을 하고 액세서리로 외양을 꾸미는 것처
럼 언행에도 신경을 쓴다면 보다 사랑받는 여성으로 남을
것이다.

25
내가 눈이 삐었지

　누군가가 말하기를 '연애는 가면을 둘러쓴 수컷과 암컷이 벌이는 드라마'라고 했다. 실로 정곡을 찌르는 적절한 말이라 아니 할 수 없다.

　부부생활은 서로 격(格)과 성격이 잘 맞아야 행복하다. 그 누구라도 연애를 할 때는 서로 상대방에게 잘 보이려고 최상의 에티켓을 지키게 된다. 어지간한 일은 불만스러워도 잘 참는다. 아무리 천성이 나쁜 사람일지라도 연애하는 동안은 교묘한 말투와 꾸며진 행동으로 자신을 썩 훌륭하게 위장할 수 있다.

　위선자가 도덕군자가 되기도 한다. 또한 겁쟁이가 용기있는 사람으로 변할 수 있다. 그리고 가난뱅이가 큰 재산가로 둔갑할 수도 있고, 실력은 쥐뿔도 없으면서 용뿔을 가진 것처럼 행동할 수가 있다.

　인간은 이처럼 변화무쌍하다. 자신이 처한 환경에 따라서

얼마든지 심리적 가면을 쓰는 속성을 지닌 생물이다. 그러
나 막상 함께 살게 되면 그 가면을 벗는데는 그리 많은 시간
이 걸리지 않는다. 급속도로 그 인간의 평소의 모습을 드러
내게 된다. 경멸할 정도로 나쁜 습성을 가지고 있을 수도
있다. 도저히 참고 지나갈 수 없는 속임수가 숨어 있었을 경
우도 있다.

"내가 눈이 삐었지…….."

이런 경우 상대방에게 속았다는 느낌을 갖지 않을 수
없다. 실망감을 느끼지 않는다면 오히려 이상한 일일 것
이다.

그렇다고 해서 상대만을 탓한다면 문제는 심각해 진다.
도저히 용납할 수 없다면 일찍 갈라서야 하지만, 참고 용서
하고 이해하고 살 수가 있다면 너그럽게 덮어주는 것이 현
명하다. 그리고 한번 덮어둔 일에 대해서는 무덤에 들어갈
때까지 덮어두어야 한다.

"한 번 결혼하고 나면 선량해야 한다는 것 이외는 아무 것
도, 자신까지도 남아 있지 않다."

영국의 소설가 스티븐슨(R. L. Stevenson)의 말이다. 상대
에게 크게 실망했더라도, 속았다고 느낄지라도 처음으로 돌
아갈 수 없다면 스티븐슨의 말처럼 '선량해야 한다'는 것밖
에 남아 있지 않은 것이다.

• 정열 때문에 결혼하지만, 그 정열은 결혼보다 오래가지 않는다.
　 -〈탈무드〉-

26
당신 하나 보고 시집왔는데

우리말에 '며느리 늙어 시어머니 된다'는 이야기가 있다. 엄한 시어머니 밑에서 갖은 구박을 받아가며 살아온 며느리가, 그 당시에는 시어머니 흉을 보며 '나는 무슨 일이 있더라도 늙어서 저런 마귀 할망구는 되지 말아야지'하고 참으면서 지냈어도, 막상 시어머니가 되고 보면 별 수 없이 똑같이 엄하고 구박하는 시어머니가 된다는 말이다. 다시 말해 '흉보며 닮아간다'는 것이다.

흔히들 고부(姑婦)간의 관계는 '하늘이 주는 병(病)'이라 하여 어떤 방법으로도 서로가 편한 사이가 되지 못함을 말한다. 불가(佛家)의 윤회설에 따르면 고부간은 전생의 '시앗 관계'라고 한다. "시앗을 보면 길가의 돌부처도 돌아 앉는다."라는 속담도 있다. 남편이 첩을 얻으면 부처님같이 점잖은 부인도 시기한다는 말이다.

'시앗' ─ 오죽이나 미웠고, 오죽이나 원한이 맺혔으랴.

그 업장(業障)이 고부간의 인연을 맺게 하여 갚음을 한다는 것이다.

윤회설을 믿지 않는 독자를 위해 다른 각도에서 접근해 보겠다.

"왜 유독 시어머니와 며느리간의 사이가 나쁠까?"

어느 가정학 교수의 말에 따르자면 '여자의 투기심'때문이라고 한다. 시어머니는 애지중지 키우던 아들을 며느리에게 빼앗겼다는 심리를 갖게 됨으로써 며느리를 투기하고, 며느리는 며느리대로 남편을 독점할 수 없기에 시어머니를 원망한다. 또 시누이는 다정한 오빠나 동생을 빼앗겼다고 생각하기 때문에 올케를 곱게 생각할 수 없다는 것이다.

나는 여자가 아니기 때문에 이 말이 옳은지 그른지를 판단해 볼 도리가 없다. 그러나 고부간의 갈등이 심각하다는 것은 주변을 통하여, 책을 통하여 많이 보고 들을 수 있었다.

스페인의 속담에 "시어머니란 설탕으로 만들어도 쓰디 쓴 존재이다."라는 말이 있다. 또 프랑스의 왕 루이 14세는 "두 여자를 화합시키는 것보다도 전 유럽의 화합 쪽이 용이하다."고 했다.

하여간에 고부간의 갈등, 올케와 시누이간의 아옹다옹을 지켜보는 남자의 심정은 참으로 괴롭다. 경솔하게 어느 한 쪽을 편들 수도 없다. 어머니나 누이를 편들면 아내가 원망하고 아내를 편들면 어머니나 누이가 원망하는 것이다.

"당신 하나 보고 시집왔는데……."

이 말은 아내가 시가붙이와 갈등이 있기에 하는 말이다. 이 말의 이면에는 남편의 역성으로 시어머니나 시누이를 얌

전하게 만들겠다는 교활한 의도가 깔려있다. 전적으로 남편
이 자기 편이 되어 싸워주기를 바라고 있는 것이다.

그러나 남편의 입장에서는 이럴 수도 없고 저럴 수도
없다. 서슬 푸른 두 여자들 사이에서 무던히도 속을 썩고 있
는 것이다. 그래서 '이쪽이 서면 저쪽으로 갈 수가 없고, 저
쪽이 서면 이쪽으로 갈 수가 없다. 사이에 낀 사람은 괴
롭다.'라는 말이 생긴 것이다.

시댁 식구들과의 갈등으로 인하여 애꿎은 남편을 들볶아
서는 안된다. "시부모의 눈에 난 며느리는 남편에게도 소박
을 맞는다."라는 격언이 있다는 것을 상기하기 바란다.

• 어머니는 20년 걸려서 소년을 한 사람의 사나이로 만든다. 그러면
다른 여자가 나타나 단 20분만에 그 사나이를 바보로 만들어 버
린다. —R. L. 프로스트—

27
잘난 척하지 말아요

남자들에게는 실제 이상으로 자기를 과시하려고 하는 욕구가 있다. 이른바 '허세'라는 감정인데, 이 말은 여성의 허영심과 유사한 말이다. 일류 대학을 나왔다느니 일류 회사에 다닌다느니 하면서 자신을 과시하는 심리가 그것이다.

이것은 유독 그가 거짓말쟁이이기 때문은 아니다. 남성 특유의 어린애 같은 허세에서 비롯된 자기 과시이다.

다시 말해서 허세는 일종의 남성의 허풍이며 발돋움이다. 이런 허세의 대부분이 어린애 같은 앳된 치기(稚氣)에서 비롯되는 것이라고 생각해도 무방하다.

남자의 허세에는 여성의 허영심과는 달리 남에게 서비스를 한다는 기분이 많이 섞여 있다. 남에게 호감을 사고 싶다, 좋은 사람이다, 멋진 사람이다, 화끈한 구석이 있는 사람이다, 라는 인정을 받고 싶은 감정이 숨어 있는 것이다.

흔히 요정 같은 데서 필요 이상으로 팁을 뿌리는 남자가 있는데 이것은 그가 쩨쩨하지 않다, 돈의 쏨쏨이가 좋다, 라는 찬사를 받고 자기 만족에 취하고 싶기 때문이다.

허세가 강한 남성들은 인색하고 옹졸하다는 말을 무척 싫어한다. 그래서 자기의 분에 넘치는 일도 곧잘한다.

이러한 남편의 허세가 아내의 입장에서 보면 무척 시시하고 유치하게 보일 수도 있다. 경제 상태가 좋지 않은데 남편의 허세로 인하여 가계에 타격을 받게된다면 불평을 품을 만하다.

그러나 아무리 그렇다고 하더라도 '제발 잘난 척하지 말아요.'하고 남편의 자존심을 여지없이 깍아버리는 것은 현명하지 못하다. 왜냐하면 그 허세스런 감정을 무시하는 것은 남편의 전인격을 무시하는 것과 다름없기 때문이다.

사람의 성품을 질책이나 잔소리로 쉽게 고칠 수 있다고 생각해서는 안된다. 그러므로 허세가 강한 남편과 살고 있는 아내라면 좀더 고단수의 지략이 필요하다.

28
우리 아버지는, 우리 오빠는

모든 것을 자기의 아버지나 오빠와 비교하여 말하는 여자가 있다. 이러한 유형을 파더 콤플렉스가 강한 여성이라고 말하기도 한다.

"우리 아버지는 당신처럼 행동하지 않았어."

"우리 오빠는 말야……."

남편의 행동에 사사 건건 자기의 아버지는 어쩌고 자기의 오빠는 저쩌고 하면서 그 행동에 맞추도록 강요한다.

이런 여성의 성장 배경에는 틀림없이 아버지나 오빠의 과잉 애정이 있었다. 딸이나 동생을 끔찍히 사랑한 나머지 모든 응석을 받아주었기에 그런 성격을 갖게된 것이다.

파더 콤플렉스가 강한 아내는 아버지에게 어리광을 피웠던 것처럼 남편에게도 어리광을 피우려고 한다. 막무가내로 떼를 쓰면 끝내는 아버지가 소원이나 부탁을 들어 주었기 때문에 남편에게도 앙탈을 부리고 있는 것이다.

남자는 체면이라면 죽고 살기를 안 가린다. 그래서 남과 비교되는 것을 싫어한다. 특히 아내가 친정 아버지와 자기를 비교하여 희생만을 강요하는 것에는 불만을 감추지 않는다.

• 사람은 정신없이 서둘러 결혼하기 때문에 한평생 후회하게 된다.
  −몰리에르−

29
사랑해요?

"남자는 사랑받고 있음을 알면 기뻐진다. 그러나 '당신을 사랑합니다'라는 말을 번번히 듣게 되면 넌덜머리가 난다. 여자는 매일 '당신을 사랑합니다'라는 말을 못 들으면 남자가 변심하지 않았을까 의심한다."

미국의 시인이며 소설가인 윌리엄스(Williams, W. C.)의 말이다.

여성은 남성만큼 논리적이지 못하기 때문에 눈에 보이지 않는 것에 대해서는 본능적인 두려움을 갖는다. 그것은 여성 특유의 보수성(保守性)에서 기인된 것이다. 그래서 여성은 구체적이지 못한 것, 즉 눈으로 볼 수 없거나 만질 수 없는 것에 대해서는 불안감을 갖기 때문에 줄기차게 확인하려고 하는 것이다.

유감스러운 사실은 대개의 남자들이 이러한 여성 심리를 알고 있지 못하다는 점이다. 그래서 여성이 '사랑해요'하고 물으면 그저 웃거나 때로는 짜증을 부리는 것이다.

　'사랑해요?' 하는 말은 두 사람 사이를 탁구공처럼 왔다 갔다 해야 바람직하다. 그러나 아내가 이 말을 질문의 형식으로 번번이 남편에게 묻는 것은 좋지 않다. 왜냐하면 남성은 그것을 애정의 강요로 받아들이기 때문이다.

　아내가 진정으로 사랑스럽다면 남편은 기쁜 마음으로 '사랑하고 있고 말고'를 몇 번이라도 반복할 것이다. 그러나 아내에게 실망을 느끼고 있을 때, 못마땅할 때 이 질문을 받는다면 넌덜머리가 나는 것은 당연한 일일 것이다.

　애정을 강요 내지 구걸하기 보다는 아내 스스로 사랑받을 수 있는 행동을 하는 것이 훨씬 현명하다.

30
당신도 파삭 늙었군요

사람은 나이를 먹을수록 외모에 대해서 불안을 느낀다. 젊은 사람이라면 상상도 할 수 없는 불안이다. 기력이 부치고, 몸의 탄력이 점점 약화되고, 대머리가 되거나 흰머리가 늘어갈수록 이 불안은 심화된다. 들어서 기분 나쁜 말은 많고도 많지만 '늙었다'는 말처럼 사람의 가슴을 슬프게 하고 기분나쁘게 하는 말이 또 있을까.

나는 이 말을 들었을 때의 기분을 잘 안다. 직접 경험했기 때문이다. 내가 30대 초반에 고향에 성묘를 갔다가 겨우 얼굴을 아는 정도의 선배를 만났다. 중학교 2년 선배였다.

"야, 너 왜 그렇게 늙었냐? 파삭 삭았다!"

그 말을 듣는 순간 나는 마치 피가 거꾸로 치솟는 듯한 기분이 들었다. 사실 나는 실제 나이보다 조금 더 들어보이기는 하지만, 30대 초반인 사람에게 '파삭 삭았다'는 너무 지나친 말이 아닐 수 없었다. 성질대로 하자면 즉시 주먹을 날려 그 입을 박살내고 싶었다.

나는 그런 감정을 애써 누르며 '너도 내 기분이 어떤지를 느껴 보아라' 하는 심정으로 이렇게 되받아 쳤다.

"선배도 파삭 늙었네요. 너끈히 오십줄, 아니 환갑은 되어 보이는데요."

나의 반격에 그의 얼굴은 흡사 곤장 맞은 사람의 볼기짝처럼 붉으락푸르락하였다.

그는 '싸가지 없는 ××' 어쩌고 하면서 분통을 터뜨렸다. 완력으로 하자면 좀처럼 남에게 뒤지지 않는 나는 그를 늘씬하게 두들겨 패주었다.

이만 각설하고, 설령 남편이 늙어보인다고 하더라도 '당신도 파삭 늙었군요' 하고 폭탄적인 말을 해서는 안된다. 그 말을 들은 당신의 남편은 필자의 경우처럼 무섭게 폭발할는지도 모른다.

31
왜 그리 시원치 않아요

먼저 러시아의 대문호(大文豪) 도스토예프스키의 말부터 소개해 두자.

"부부나 연인끼리의 문제에는 절대로 말참견하는 것이 아니다. 거기에는 세상이 알지 못하는, 두 사람밖에 알지 못하는 무엇인가가 있는 것이다."

그렇다. 부부간의 문제에는 절대로 다른 사람이 알지 못하는 부분이 있다. 그리고 부부지간에도 말 못할 사정은 있다. 이것은 결혼을 한 모든 사람들은 공감할 것이다.

성(性)과 관련된 문제가 그 대표적인 것에 해당한다. 처음에 부부 생활의 기쁨이 무엇인지 모르는 체 살다가 그것을 알게 되었을 때 나타나는 이 가슴앓이는 참으로 심각한 것이다.

근래에 와서 부쩍 이혼율이 높아졌다. 그 이유 중에서 가장 두드러진 것이 소위 '성격의 불일치'이다. 그러나 이 말을 파고 들어 유심히 따져보면 '성(sex)의 불일치'인 경우가 90%를 넘는다.

남녀를 불문하고 부부간에 성적으로 만족하지 못할 때 매사에 신경질적이 된다. 그러다 보니 다툼이 잦아지고, 또 외부로 눈길을 보내게 되는 것이다. 인간은 빵만으로 살 수 없는 존재이기 때문에…….

즐겁고 행복한 결혼 생활을 위해서는 '성실'한 남자를 택해야 한다. 여기에서의 '성실'은 마음의 성실성을 비롯하여 '성실(性實)'을 포함한 말이다.

양물(陽物)이 작거나 섹스에 약한 남성들의 콤플렉스는 여성들이 상상도 못할 만큼 강하다. 마치 그것은 한 나라의 정치적·경제적 혼란보다도 훨씬 더 심각한 문제이다. 그래서 남성은 성적인 능력이 '시원치 않느냐'고 질책을 당하면 거의 이성을 잃을 지경에 이르게 된다.

어느 정신과 의사는 양물이 작거나 조루(早漏)하는 남성 중에 의처증 증세를 보이는 경우가 많다고 말한다. 자기의 남성과 성(sex)에 자신이 없기 때문에 아내를 의심하게 된다는 이야기이다.

"왜 그리 시원치 않아요."

아내의 입에서 이 말이 나올 때는 욕구 불만이 쌓여 있기 때문일 것이다. 그러나 이 한마디가 남편의 마음을 병들게 하여 아내를 의심하게 하는 수가 있음으로 절대 금해야 한다.

내가 섹스 콤플렉스가 있는 남편과 함께 사는 여성들에게 해줄 수 있는 말은 없다. 그래도 굳이 한마디 한다면 '참 안 됐다'라는 말뿐이다.

32
다시 '왜 그리 시원치 않아요'에 대하여

　여성의 성(性)은 왕왕 의식적으로 남성으로 하여금 함정에 걸려서 추락시키는 도구로 이용되는 경우가 있다. 불교에서 여성을 배척하고, 여성을 죄많은 것으로 규정한 것도 그런 이유 때문이다.
　우리 시대의 큰스님 성철 스님도 '욕심 가운데 제일 무서운 것은 색욕'이라고 말한 바 있다.
　"색욕 때문에 나라도 망치고 집안도 망치고 자기도 망친다. 이 색욕 때문에 나라를 다 망쳐도 뉘우칠 줄 모르는 것이 중생이다. 그러므로 수도하는 데도 이것이 제일 무섭다. 부처님께서 말씀하셨다. '이런 것이 하나뿐이기에 다행이지, 만약 색욕 같은 것이 둘만 되었던들 천하에 수도할 사람이 하나도 없을 것이다.'"
　'식욕과 색욕은 인간의 본성'이라고 갈파한 사람은 '아성(亞聖)'이라 불리는 맹자(孟子)이다. 맹자는 그것을 '자연의 섭리'이기 때문에 인정(人情)으로 막을 수 없다고 했다.

과연 그렇다. 본능은 무서운 것이고, 그중 색욕은 가장 무서운 것이다. 여기서 남성과 여성을 가린다는 것은 공평하지 못하다. 여성도 남성들 못지 않는 성적 욕망을 본능적으로 가지고 있는 것이다.

그런데 세상은 이 문제에 있어서 만큼은 훨씬 남성들에게 관대하다. 남성을 상대로 하는 매춘 및 향락업소에 대해서는 대수롭지 않게 생각하면서도 여성을 상대로 하는 업소에 대해서는 가혹하게 비난하고 있는 것이다.

이야기가 곁길로 빠졌지만, 부부의 성생활도 아내가 주도권을 잡게 되면 남편은 아내의 성만족을 위한 도구로 이용되는 것 같은 느낌을 받게 마련이다. 남편이 그런 감정을 갖게 되면서부터 가정의 행복은 점점 멀어지기 시작한다.

33
또다시 '왜 그리 시원치 않아요'에 대하여

사랑한다는 것과 애완(愛玩)한다는 것은 다르다. 육체적으로 접촉하여 그 감촉을 즐기며, 눈으로 바라보고 그 아름다운 몸매에 매료되는 것은 인간을 사랑하는 것이 아니고 감각에 접촉하여 그 황홀함을 애완하는 것이다.

애완을 당하는 상대는 애완하는 상대의 쾌락의 도구에 불과하다. 한 인간을 자기의 쾌감의 대상으로 하는 것은 인격에 대한 모욕이다. 매춘 행위를 경멸하는 것도 한 인간을 남성의 쾌락 목적의 도구로써 상대에게 팔기 때문이다.

성애(性愛)를 사랑과 혼동해서는 안된다. 마음으로부터 우러나는 진실한 사랑은 아무리 미운 사람에게도 눈물을 쏟을 줄 아는 사랑이다. 이에 반하여 성애는 자신에게 쾌감을 주는 것을 사랑하는 것이다. 좀더 노골적으로 표현하면, 남편의 페니스 부분만을 사랑하고 있는 것이다.

성적 부적합을 이유로 이혼하고 싶다고 말하는 남성 또는

여성이 있는데, 그러한 배우자는 상대를 오직 쾌락의 대상
으로 생각하고 있을 뿐이다. 그러한 상대와는 차라리 깨끗
이 헤어지는 것이 자신을 기만하지 않고 상대를 기만하지
않는 정직한 길이다.

성(性)은 본질적으로 경건한 것이다. 이 말을 이해하기 힘
들다면, 우리 자신이 거기서 나왔다는 사실을 생각하기 바
란다. 고로 성이 생명의 근원임을 깨닫고 경건하게 생각해
야 한다. 만약 여기에 다른 의미를 부여한다면 영혼의 심각
한 모독임과 동시에 멸시라고 아니할 수 없다.

34
변태 아니예요?

예나 지금이나 우리 나라 대부분의 사람들은 도덕 군자
요, 요조 숙녀요, 금욕주의자들이다. 성(性)을 추하게 여기
고 말하거나 글로 쓰기를 꺼린다. 겉으로만 그렇다.

그러나 유심히 보면 모두들 뒷구멍으로 호박씨를 잘도
깐다. 안 그런 척하면서 할 것은 다하고, 들을 것은 다 듣
고, 볼 것은 다 본다.

왜 이렇게 속이 들여다보이는 위선적인 태도를 보이는가.
이에 대하여 할 말은 참으로 많지만 여러분의 생각을 존중
하는 뜻에서 나는 아무 말도 하지 않으려 한다. 다만 여기서
는 극단적인 성행위에 대해서 약간 언급하고자 한다.

사람마다 얼굴이 다르고 개성이 다른 것처럼 성(sex)에 대
해서도 저마다 조금씩 다르다. 그중에는 변태 성욕자(變態性
慾者)도 드물지 않다. 여러분도 사디즘·마조히즘·페티시즘·
호모·레스비언 따위의 말을 들어본 적이 있을 것이다.

사디즘(sadism)은 성적 대상에게 육체적·정신적 고통을 줌으로써 성적 만족을 얻는 이상 성욕을 말한다. 좀더 쉽게 말해서 상대를 정상적인 형식으로 사랑할 수 없고, 폭력을 쓰거나 학대하지 않고는 배기지 못하는 가학적 성욕(加虐的 性慾)을 사디즘이라 한다.

마조히즘(masochism)이란 사디즘과 대비되는 말로써 이성(異性)으로부터 학대를 받음으로써 성적 쾌감을 느끼는 상태를 말하며, 페티시즘(Fetishism)은 이성의 신체의 일부나 몸에 입은 것 또는 지니는 것에서 쾌감을 느끼는 성 도착증을 말한다.

건전한 사람이라면 이같이 끔찍하고 이상한 성적 심리를 도저히 있을 수 없는 것이라 여길 것이다. 그러나 정신분석학자의 조사에 의하면 이러한 심리는, 비록 비율은 낮을지 모르나, 어떤 인간에게도 잠재해 있는 요소라고 한다.

아무튼 이 문제는 제쳐 두기로 하고 여기서는 사디즘과 마조히즘을 혐오감을 앞세우지 말고 좀더 생각해 보자.

상대방을 학대하고 싶다는 사디즘의 성적인 심리는 바꾸어 말하면, 상대방을 완전히 지배하려는 심사의 표현이다. 상대방의 자유를 인정하지 않고 자기의 뜻대로 되는 것으로 변화시켜 보려는 욕망이다. 이 절대적인 지배욕이 육욕으로 나타날 때 사디즘이 된다. 보통 사람 이상으로 소유욕이 강렬한 감정이 여기에 나타나 있는 것이다.

한편 마조히즘은 이와는 반대로 상대방에게 전적으로 지배를 받고 싶다. 상대방의 마음대로 되고 싶다는 원망(願望)이라 할 수 있다. 두들겨 맞거나 학대를 받으면 누구든지 화를 낼 것임에 틀림없다. 상대방이 아무리 사랑하는 남성일지라도 정이 떨어질 것이다. 그러한 분노의 감정, 혐오의 느낌마저 못가질 만큼 상대방의 뜻대로 되고 싶다는 심정이 마조히즘인 것이다.

이러한 극단적인 성 심리를 분명히 정상적인 사람들로서는 이해하기 힘든 일이라고 하겠지만, 한편으로 곰곰이 생각해 보면, 그 밑바닥에는 '사랑하는 사람 전부를 소유하고 싶다', '사랑하는 사람에게 전부를 소유당하고 싶다'라는 감정이 극단적인 형태로 나타나 있는 것이다.

사람들은 자신의 정상적이지 못한 행위에 대해서는 수치심을 느낀다. 특히 성(sex)과 관련된 문제에 관해서는 더욱 그렇다. 만약 누군가로부터 그러한 결점을 지적당한다면 수치심이 공격적인 성향으로 바뀔 가능성이 크다. 자신의 치부를 알고 있는 그 사람을 끔찍하게 살해하는 경우가 이런 이유에서 기인된 것이다.

나의 비약이 너무 심했는지도 모른다. 그렇지만 '변태'라는 말은 함부로 쓰는 말이 아니다. 이 말을 들으면 누구나 혐오스런 변태 성욕자를 연상하게 되고, 그 추악한 사람과의 비유에 극도로 감정이 상할 것이다.

남성들은 가끔 아내에게 이상한 체위를 요구하기도 한다. 이럴 경우의 대부분은 음란 서적이나 비디오 등을 통하여 알게 된 체위를 실험해 보고 싶은 심리의 표출이라 할 수 있다. 이러한 것을 변태라고 몰아붙여서는 안된다.

35
내가 당신의 종인가

　부부는 사랑했기 때문에 서로 결합한 것이다. 싸우기 위해 결합한 것은 아니다.

　분명한 것은 결혼 생활이 노도(怒濤)가 아니라는 것이다. 또한 지진도 아니다. 천둥도 아니다. 만약 그곳에 대사건이 일어날 경우, 그 대사건 사이에서도 인간에게 기쁨을 주는 것은 비록 작지만 친절한 행동과 애정이 넘치는 미소이다. 가정의 생활 속에서 항상 친절한 행동을 게을리하지 않고, 애정이 가득 찬 미소를 잃지 않는다면 그곳은 반드시 '지상의 낙원'이 된다.

　사랑은 스스로 십자가를 메는 일이다. 그러므로 사랑에는 절대 자기 희생이 요구된다. 상대가 나에게 무엇인가를 해주기를 바라는 것이 아니라 내가 먼저 상대를 위해 뭔가를 해주는 것이 사랑이다.

　상대의 희생을 요구하기만 하는 것은 사랑이 아니다. 그것은 이기심을 지닌 인간의 거래 관계라고 할 수 있다. 자기 희생, 이것이 없는 부부 관계는 사랑이 없는 사람끼리의 필요(계산)에 의하여 함께 살고 있는 것이다.

정당한 것—내가 해주는 것만큼 상대도 나에게 해주어야 한다고 믿는 마음—만을 주장하는 곳에선 사랑을 느낄 수 없다. 결혼은 비지니스가 아니다. 남편이 잘한다면 나도 잘할 수 있다고 생각하고 있다면 사랑하고 사랑을 받을 자격이 없다고 보아도 무방하다.

"내가 당신의 종인가……."

사랑을 말하는 데 있어서 이 말은 얼마나 불손한 말인가. 얼마나 옹졸하고 계산적인 말인가.

사랑을 설파한 예수는 그 방법에 대해 "그대가 나를 사랑한다면 나의 교훈을 지킬지어다."라고 가르치고 있다.

그 교훈이란 무엇일까? 예수의 산상의 수훈(垂訓)에 자세히 나타나 있으나 근본을 집약하면 '내가 바라는 것만큼 타인에게 베풀라'는 것이다.

이것을 지킬 수만 있다면 하는 일마다 번창할 것이고 가정에도 천국이 건설되는 것은 필연적인 사실이다.

사랑을 베푸는 것은 곧 자신의 행복이다.

• 세상에서 가장 행복한 남자는 누구인가? 바로 좋은 아내를 얻은 남자이다.

36
다시 '내가 당신의 종인가'에 대하여

세상에는 남성과 여성뿐이다. 그리고 성별에 따른 분명한 특질이 구분되어 있다. 남성과 여성의 차이 중 남성은 공격적인 자세일 때, 여성은 수비 자세에 있을 때 최대의 능력을 발휘할 수 있도록 창조되었다. 그래서 감정적인 면에서도 육체적인 면에서도 남성보다 가늘고 섬세하고 약한 여성은 빈 자리를 지키는 일에 적합한 것이다.

여성이 남성에게 이끌렸다고 남성에게 진 것은 아니다. 여성은 사랑하는 남자의 내의를 세탁하거나 옷을 손질해 주고 싶어한다. 바로 여성적 감정의 발원 때문이다. 이것은 남성이 사랑하는 여자에게 향수나 장신구를 사주고 싶은 생각이 드는 것과 같다.

사랑은 상호간의 자기 동일화이다. 그러므로 자신이 선택한 상대에게 자신이 지닌 것을 부여하고 상대와 자신의 무엇인가를 일체화시키려는 것이다.

자아 의식의 과잉 상태에 있을 때에는 진정한 여성적 감정이 나타나지 않는다. 본심으로 돌아올 때 진정한 여성의 아름다움이 나타난다. 그것은 창조주가 선물한 천성의 아름다움임과 동시에 사랑스러움이다.

여성이 남성에게 지지 않으려는 경쟁 의식이 일어나는 것은 이미 지고 있다는 열등감이 있기 때문이다. 자신이 지고 있다는 열등감을 가진 채 아무리 싸워보았자 결국은 질 수밖에 없다.

남녀 동등과 여성적인 것을 자신으로부터 배제하는 것과 무슨 관련이 있는가? 그러한 생각 자체가 여성 의식의 과잉이다. 병을 낮게 해야지 낮게 해야지 하며 생각하는 것 자체가 병적 의식 과잉과 같은 것이다. 병을 마음으로부터 추방하였을 때에 병이 치유되는 것과 같이, 여성적인 것을 배제하려 한다든가 남성과 같이 강하게 되려는 생각을 버렸을 때 진정한 인간이 나타난다.

여자로 태어나서 그 사람의 진정한 인간상이 나타난다면, 그 사람이야말로 진정으로 여자답다고 아니할 수 없다. 또한 진정한 아름다움은 여자답게 꾸며진 여자가 아니라 자연 그대로의 여자다움을 말한다.

수학에 재능을 지닌 자가 수학으로 인생에 공헌하고, 회화의 천재가 그림을 그려서 인류 문화에 봉사하고, 과학자가 과학적 발명에 의해서 인간의 복지를 증진시키는 것은 바람직한 일이다. 왜냐하면 각자의 천분에 의하여 인류에 행복을 베푸는 것이기 때문이다.

이와 마찬가지로 여성은 여성적 천분을 가정에서 발휘하는 것이 가장 아름답고도 자연스러운 일이다.

37

당신이 뭘 안다고 그래요

　사람은 각기 다른 자를 가지고 사물을 잰다. 그러므로 같은 사물을 보더라도 A와 B의 생각이 같을 수는 없다.

　그런데 사람들은 흔히 상대가 자기의 의견에 동조해 주기를 바란다. 내가 좋아하는 것은 상대방도 좋아하기를 바라고, 내가 싫어하는 것은 상대도 같이 싫어해 주기를 바란다. 만약 그렇게 되지 않으면 상대가 말이 통하지 않는 사람이라고 원망하거나 불편한 감정을 갖게 된다. 좀더 심한 경우에는 상대를 무식하다고 깎아내려 버린다.

　나는 열차 여행을 하던 도중에 이런 부부를 본 적이 있다. 젊은 부부가 신문을 읽으면서 이야기를 하다가 작은 언쟁을 하기에 이르렀다.

　"신문이 오자(誤字) 투성이야!"

　아내의 비판적인 말에 남편이 한마디 했다.

　"그럴 리가 있을라고. 신문 기자라면 그래도 최고 지식인들인 텐데……."

"당신이 뭘 안다고 그래요?"

아내는 여지없이 남편의 입을 막아 버리고 자기의 지식 (?)을 뽐내듯이 내뱉기 시작했다.

나는 그 젊은 부인의 말을 들으면서 실소를 금할 수가 없었다. 전문가임을 자처—그들 부부의 대화로 미루어 보아 그 아내는 중학교나 고등학교의 국어 교사로 재직하고 있는 것이 분명했다—하며 맞춤법 설명을 하는 것에 명백한 오류(誤謬)가 많이 발견되었기 때문이었다.

그 젊은 아내의 말을 지금와서 다 기억할 수는 없지만, '염치불고'와 '덮여 있다'라는 말의 오류가 기억이 난다. 그녀는 '염치불구'라고 우겼고, '덮여 있다'를 '덮혀 있다'가 맞는 표기라고 했었다.

참고로 말하자면 '염치불구'가 아니라 '돌이킬 고(顧)'를 쓰는 '염치불고'가 맞다.

'덮혀 있다'는 맞춤법 오류 중에서 가장 많이 발견되는 표기이다. 이렇게 표기하게 된 원인을 살펴보면, '히'가 동사를 피동사나 사역 동사로 만드는 보조어간이라는 것을 알고 있는 데 있다. 예를 들자면 '먹다'를 '먹히다'로 표기하는 것 따위이다. 그런데 '히'가 피동사나 사역 동사를 만들 수 있는 경우는 한정되어 있다. 다시 말해서, ㄱ·ㄴ·ㄷ·ㄹ·ㅁ· ㅂ·ㄴㅅ·ㄹㄱ 등의 받침을 가진 어간에만 붙어서 피동을 만들며, 그 이외의 받침에서는 그런 기능을 가지지 못한다는 사실을 알아야 한다. '덮다'의 어간 '덮'의 받침은 'ㅍ'이다. 따라서 '히'가 붙을 수 없는 어간이므로 피동을 만들려면 '이'를 넣어 '덮이다'라고 표기해야 한다. 그러므로

'덮이다→덮이어→덮여'가 맞는 표기인 것이다.

오류를 지적한다면서 더한 오류를 범했던 그 젊은 아내, 명백히 틀린 것을 맞다고 끝끝내 우기면서 남편의 얼굴을 가차없이 깎아내릴 수 있는 용기는 어디에서 비롯된 것일까?

세상에는 이러한 유형의 아내들이 적지 않다. 자신의 생각이나 의견—그것이 옳건 그르건간에—에 남편을 맞추려 들었다가 뜻대로 되지 않으면 '당신이 뭘 아느냐'고 공박하는 것이다.

남편의 자존심을 싹둑 자르면 자기도 싹둑 잘린다. 남편을 내리깎으면 나도 깎인다는 사실을 알았으면 한다.

• 모든 질병 중에서 마음의 병만큼 괴로운 것은 없다. 모든 악 중에서 악처만큼 나쁜 것은 없다.

38
다시 '당신이 뭘 안다고 그래요'에 대하여

끝까지 들어보지도 않고 남편의 말을 막는 아내는 어리석다. 끝내는 좋지 못한 꼴을 당하게 된다.

상대방의 말을 충분히 들은 후에 그에 응답해야 한다. 중대한 문제를 남편에게 상의도 없이 혼자서 결정해서는 안 된다. '남편과 잘 상의한 다음에 알려드리겠습니다' 하고 대답하는 것이 현명하다.

남편과 상의없이 결정해 버리는 것은 남편을 무시하고 있기 때문이다. 아내의 그러한 독선은 남편의 마음을 아내로부터 멀어지게 만든다. 그것은 아내의 마음이 먼저 남편에 대한 존경심을 잃고 있기 때문이다.

남편이 아내에게 '이렇게 하면 어떨까' 하고 말했을 때는 사실 '이렇게 하고 싶으니 그런 줄 알아요'라는 의미이기도 하다. 자기 주장의 형태를 약간 누그려뜨려서 질문 형식을 취한 것이다. 그런데도 남편이 자기의 의견만을 듣는 것으로 착각하고 무조건 반대해서는 안된다.

　상대의 의견을 존중해 주어야 한다. 당신의 생각과 다른 점이 있더라도 일단 남편의 의견을 존중하라. 그런 다음 부드럽게 나의 생각은 이렇다는 것을 말하라. 서로 차분하면서도 이해심 있게 대화를 하면 바람직한 의견 일치를 이룰 수 있다.

39
말이 통해야지

말이 통하지 않는다는 것은 대체로 상대방을 이해하려는 마음이 부족하기 때문이다. 자신의 주장이 옳고 상대방의 주장은 그르다고 생각하기 때문에 말이 통하지 않는 것이다.

적절한 예가 될는지는 모르겠지만 잠시 다음의 삽화를 보고 생각해 보자.

한 아버지가 아들과 함께 자동차로 여행을 떠났다. 도중에 돌발적인 자동차 사고가 일어나 그 아버지는 그 자리에서 사망했다. 그 소년은 심한 부상을 당하여 수술을 받으려고 병원에 실려갔다. 의사가 와서 소년을 보고 울부짖었다.

"나는 도저히 수술을 할 수가 없다. 왜냐하면 이 소년은 나의 아들이기 때문이다."

당신은 이 삽화를 이해할 수 있는가? 아니면 큰 모순이 있다고 생각하는가? 만약 당신의 남편이나 혹은 아내에게 이 말을 들었다면 당신은 어떤 반응을 보이겠는가?

"이 사람아, 그 소년의 아버지가 교통 사고로 죽었다면서 어떻게 살아서 의사가 되었단 말이야? 말 같은 소리를 해야 얘기가 통하지."

당신은 이렇게 상대를 면박할는지도 모른다. 얼토당토아니한 말을 한다고 역정을 낼 수도 있을 것이다.

말이 통하지 않는 것은 이런 경우와 흡사하지 않을까? 나는 그렇다고 생각한다.

사람은 저마다 고정 관념을 가지고 있으며, 이 삽화 속에서도 그러한 고정 관념 속에 사로잡히게 만드는 부분이 있다. 즉 의사란 으레 남성일 것이라는 문화적 고정 관념이다. 의사가 소년의 어머니라고 생각하는 사람이 있다면 그 사람과는 말이 통하지 않을 사람이 없을 것이다.

부부간의 대화에는 설득력과 인내심이 필요하다. 말을 하는 쪽은 상대방이 이해하기 쉬운 화법을 사용해야 하고, 듣는 쪽은 끝까지 경청한 다음에 여러 가지 각도에서 그 말을 해석하려는 노력이 필요한 것이다.

40
다시 '말이 통해야지'에 대하여

효과적인 대화에 관련된 유명한 예화 하나를 먼저 소개하
겠다.

미국의 루즈벨트 대통령은 매력있는 언변가로 유명하다.
어느 날 해군에 관해 이야기하고 싶다는 손님이 그를 방문
했다. 루즈벨트는 윌슨 대통령 밑에서 해군 차관을 지낸 일
이 있었기 때문에 그 방면에 남다른 전문 지식을 가지고 있
었다.

손님이 방으로 들어오자 대통령은 곧바로 해군에 관한 이
야기를 하기 시작했다. 대통령의 말은 거침없이 이어졌고
손님은 때때로 머리를 크게 끄덕이며, 다만 맞장구만을
쳤다.

얼마 후 이야기가 끝났을 때 손님은 만족한 얼굴로 돌아
갔다. 손님이 돌아가자 대통령은 비서관을 돌아보며 말
했다.

"그 사람처럼 이야기를 잘하는 사람은 처음 봤어!"

이 이야기는 매우 시사적이다. 그 사람은 다만 대통령의 말을 듣기만 했을 뿐이다. 그런데 루즈벨트 대통령은 이야기를 잘 듣는 사람이라고 하지 않고 '이야기를 잘하는 사람'이라고 했다는 점에 주목할 필요가 있다.

대화에 있어서의 침묵의 가치, 상대방의 이야기를 잘할 수 있도록 때 맞추어 맞장구를 치는 태도, 그것들이 서로 어우러져 대통령으로 하여금 마음먹은대로 화제를 전개시켜 나갈 수 있게 했던 것이다.

부부간에 말이 통하지 않는 것은 상대의 말을 잘 들으려고 하지 않기 때문이다. 상대가 하는 말이 조금이라도 자기의 생각과 다르면 즉각 그 말을 끊고 자기의 주장을 펼치기 때문이다. 그래서는 대화가 될 리가 없다. 말이 통할 도리가 없는 것이다.

부부간의 대화를 위해서는 먼저 잘 듣는 아내가 되어야 한다.

41
또다시 '말이 통해야지'에 대하여

　흔히 아내의 존재를 비유해서 말하기를 '가정의 태양'이라고 한다. 과연 그렇다. 한 가정의 태양인 아내의 얼굴이 찌푸려 있으면 즉각 그 집안의 분위기는 엉망이 된다. 남편과 아이들도 태양의 명암에 따라 덩달아 민감하게 반응하게 되는 것이다. 가령 아침 식탁에서 아내가 듣기 싫은 잔소리를 하면 남편과 아이들도 불편한 얼굴을 하게 되는 것은 물론이다. 그러면 그 가족은 식사를 하는 것이 아니라 불평 불만을 씹어 먹고 있는 기분일 것이다.

　한 가정의 화목과 분위기는 아내가 만든다. 한 가정의 평화와 행복을 좌지우지하는 아내는 마땅히 가족의 마음을 편안하게 해주려는 배려가 있어야 한다.

　'배려'란 '마음을 쓴다'라는 의미이다.

　자신의 기분에만 충실하여 다른 사람의 기분을 생각하지 못하는 무신경한 아내가 있다. 반대로 그 마음은 있어도 귀

찮다는 이유 등으로 실행에 옮기지 않는 아내도 있다. 배려
는 표면적으로 나타낼 때 비로소 그 가치를 발휘하게 된다.

배려를 하는 데는 남의 손을 빌릴 수 없다. 자신의 힘으로
자발적으로, 자연스러운 형태로 나타내야 한다. 그러나 '그
렇게 말은 해도…….'라고 말하는 사람이 있다면 그는 진정
한 배려를 하지 못하는 사람이다.

배려를 할 수 있는 아내는 남편과 자녀들, 그리고 시부모
를 비롯한 주변 사람들로부터 사랑을 받는다.

"만일 실천이 지식보다 쉬운 것이라면 시골집이 왕궁으로
변하게 될 것이다."라고 셰익스피어가 말했듯이, 항상 말
보다 실천이 어렵다. 가정에서 한결같이 따뜻한 마음, 사랑
하는 마음을 가지고 가족에게 배려하기란 어렵다. 그래서
수양이 필요하고 적절한 인내가 필요한 것이다.

배려할 줄 아는 아내는 가족과의 대화를 위하여 스스로
사색의 시간을 갖고 교양을 쌓는 일에 소홀히 하지 않는다.
남편 및 자녀들과 대화의 상대가 될 수 있도록 배려를 하고
있기 때문에 항상 유익한 대화를 할 수 있는 것이다.

생각하는 아내, 뜻이 통하는 어머니를 가진 자녀는 참으
로 행복하다 아니 할 수 없다.

철학자 소크라테스는 '무지(無知)는 곧 죄'라고 했다. 유
익한 대화를 모르기 때문에 불평 불만이나 잔소리로 가족의
마음에 상처를 주는 것이다.

가족과의 대화 단절은 아내의 책임이다. 말이 통하지 않
는다는 것을 탓하기 전에 교양 서적이라도 한 권 읽는 것이
어떨까?

42
이마가 좁으니 소갈머리 없지

  인간이란 많고 적고 간에 자기의 신체상의 콤플렉스를 가지고 있는 법이다. '뚱뚱하다'거나 '이마가 좁다'거나 '못생겼다'하게 되면 치명적인 굴욕감을 느끼게 된다.

  신체상의 타고난 미추(美醜)는 아무리 수정해도 좋아질 리가 없다는 것을 알면서, 설령 우스갯소리로라도 입에 올리는 것은 터부이다.

  인간은 선천적인 결함을 지적받는 것을 극도로 싫어하므로 그것을 피해야 할 조심성이 곧 애정이라는 것이다.

43
밴댕이 소갈머리만도 못하다

남성을 정복하려고 생각하는 여성은 고독하다. 또한 남성을 정복하였다고 생각한 순간 그 여성은 정복당하고 있는 것이다. 이와는 반대로 남성에게 모든 것을 바치는 순간 그녀는 오히려 그 남성을 자기의 것으로 만들어 놓고 있다. '베푸는 일'의 성과는 '빼앗아서 얻어지는 성과'보다도 크다.

세상의 절반을 차지하고 있고 책임지고 있는 여성, 그 여성의 힘은 누가 뭐라해도 위대하다. 그 놀라운 힘을 이용하여 어떤 경우는 자신이 머물고 있는 자리를 천국으로도 만들고 지옥으로도 만든다. 그 여성과 연관을 맺고 있는 사람들의 인생에도 큰 영향을 미치어 행복과 불행을 좌우하곤 한다.

거칠고 촌스러운 여성들일수록 남성을 정복하려고 한다. 그리하여 속되고 험한 말로 가정과 사회 집단의 행복과 질서를 스스로 파괴한다. 남편의 가슴에 못을 박고 자녀의 가슴에 칼을 찌른다.

어떠한 경우를 막론하고 말을 함부로 하는 것은 큰 죄악이다. 사람의 마음에 상처를 줄만한 심한 말을 하는 것은 정신적인 살인 행위이다.

경솔한 사람들은 누군가에게 실망하거나 화가 났을 때 흔히 동물에 비유한다. '돼지같이 생겼다'느니 '쥐같은 놈'등의 표현을 서슴지 않는다. 온전한 인격을 가진 사람이라면 돼지·개·쥐·소·말·피라미·곰·원숭이·밴댕이 따위를 어떻게 사람에 비유시킬 수 있단 말인가!

타인의 아픈 곳을 찌르는 듯한 언동은 삼가야 한다. 부부간에는 특히 얼굴의 결점이나 타고난 성품상의 결점 등을 발견하여도 그것을 입에 담지 말아야 한다.

어떤 사람이 열등감을 느끼고 있는 점에 대해서는 되도록 접촉하지 않는 것이 애정이다. 그리고 다소라도 자신을 가지고 과시하고 싶은 곳 같은 점을 발견하여 칭찬하는 것이 좋다. 그것이 부부 관계를 순조롭게 만드는 비결이다.

44
얼굴 값 하느라고

사람은 그 언어에 의해서 자기 평가를 가능케 한다. 선량한 말을 하는 사람은 행운을 맞이하고 악한 말을 서슴지 않는 사람은 불행을 자초한다. 거짓을 토하는 자는 신용을 잃게 되어 스스로 멸망의 구렁텅이로 빠진다. 부주의한 말 한 마디가 싸움의 불씨가 되고 잔인한 한마디가 삶을 파괴한다.

어찌 생각하면 인간의 삶은 우습고도 허무하다. 때로는 헛되고 헛된 꿈처럼 유치하기까지 하다. 그러면서도 진지하고 엄숙함이 그 속에 깃들어 있기 때문에 우리는 인생을 확신하지 못한다. 어떤 때는 인생을 잘 알 것 같으면서도 또 어떤 때는 잘 모른다.

불교에서는 이 세상을 '고해(苦海)'라고 비유했다. 이 세상에 괴로움과 근심이 많아 그치지 아니함을 바다에 비유한 말이다.

과연 그렇지 않은가! 그 깊고도 어두운 세계의 현묘(玄妙)함, 그 속에서 부대끼는 인간의 삶은 치열하고도 허망한 구석이 있는 것이다. 그래서 일생을 한 봄날의 헛된 꿈, 즉 일장춘몽(一場春夢)이라고 했다.

웃으면서 살아도 덧없는 인생을 우리는 왜 다투면 사는 것일까? 아마도 인생 그 자체가 '고해'이기 때문이리라. 아마도 불가(佛家)에서 말하는 백팔염주(百八念珠) 하나하나에 매달렸다는 백팔번뇌를 모조리 겪으려고 사는 것인지도 모르는 일이다.

사람을 충고할 때는 어떠한 경우라도 그 행위를 충고해야 한다. 결코 그 외관을 입에 담아서는 안된다. '생긴대로 논다'느니 '얼굴 값 하느라고' 따위의 말로 행위를 질책 받을 경우, 사람은 그 속성상 절대 자기의 잘못을 반성하지 못한다. 오히려 증오심과 적개심만을 키우게 되는 것이다.

말을 함부로 하지 않는 것, 그것이 상대에 대한 배려이고 애정이다.

45
한 가지라도 잘한 게 있어야지

사람에게 사랑을 받을 수 있는지 아닌지는 반드시 우리들의 뜻대로 되지는 않는다. 그러나 경멸당하는가 아닌가는 우리들의 말과 행동에 달려있다.

세상에서 가장 불행한 사람은 만족을 모르는 사람이다. 자신이 이미 지닌 것에는 욕구 불만을 품으면서 항상 외부의 '남의 떡'에 마음을 빼앗기고 있다. 이것이 이른바 '남의 떡은 항상 크다'라는 심리의 작용이다.

친구의 남편이 더 멋있게 보이고, 이웃 남자가 더 능력이 뛰어나 보인다. 주변에서 보고 들을 수 있는 '잘난 남자'들과 비교하면 자신의 남편은 너무나도 시시하고 하찮게만 보인다.

"한 가지라도 잘한 게 있어야지……."

아내는 오만상을 찌푸린 얼굴로 입을 삐죽거리며 투덜투덜 불평을 한다. 그렇다면 불평을 입에 담고 있는 아내 그 자신은 어떠한가. 세상의 '잘난 여자'들과 비교하여 조금도 떨어지는 구석이 없는가?

내가 불평하면 상대방도 불평을 마음속에 담고 있다. 아내가 남편을 시시하고 하찮게 여긴다면 남편 또한 아내를 그렇게 여긴다.

사람은 누구나 장점이 있는 반면에 단점을 가지고 있다. 단점만을 크게 부각하여 불평을 하면 그 잔소리 속에 장점마저 숨어 버린다. 반대로 장점을 부각시킨다면 결점은 장점 속에 침잠하게 되는 것이다.

당신이 좋아서 선택한 상대를 무시하지 말라. 다른 사람과 비교하여 사람의 가치를 결정하는 듯한 말을 입에 담지 말라. 정 비교를 해야 하겠다면 그 사람의 '어제와 오늘'을 비교하라. 만약 어제보다 조금이라도 발전되었다면, 그 사실에 만족하라. 이것이 바로 행복의 비결인 것이다.

46
헤어지자

회자 정리(會者定離)라 !

인간이 만났다가 헤어진다는 것은 인생 행로에 있어서의 운명이다. 그리고 이것은 실로 사람의 마음을 아프게 하는 절실한 것이다.

불가에서는 '소매가 서로 스치는 것도 전생의 인연'이라고 말하고 있다. 이 말을 소홀히 대하면 일시적인 우연에 불과하겠지만, 깊이 생각하면 여러 모로 뜻이 깊다.

사람과 사람과의 만남이라는 것은 가볍게 소홀히 다루면 심각한 기분이 생길리가 없다. 만나도 헤어져도 벌판에 부는 바람이 그대로 지나쳐 버리는 것이나 마찬가지이다.

그렇지만 사람에게는 숙명적(宿命的)이라고 할 수 있는 만남이 있다. 부모와 자식·부부·형제와의 만남이 그것이다. 여기에 친구 및 사제(師弟)와의 만남을 끼워넣어도 좋을 것이다. 이러한 만남을 불가에서는 수백 생의 인연 때문에 만난 것이라고 한다.

세상에는 사람과 사람의 만남에 대해 꽤 담백한 관심밖에 갖지 않는 사람들도 있기는 하다. 그러나 인간의 정신 생활이라는 것은, 특히 심각한 부분을 이러한 만남 속에 갖고 있다고 하지 않을 수 없다.

사람과의 만남에 관심이 없는 사람은 그 인생 자체에 관심이 없는 사람이라고 말할 수 있다. 열심히 살아가는 사람은 거세게 사람을 사랑하고, 짙게 사람에게 구하고, 깊이 사람을 의지하고 살아 갈 수밖에 없는 것이다.

바로 거기에 사람의 가장 인간다운 고뇌의 중심 과제가 있으며, 거기에서 또한 영지(英志)나 체념, 그리고 깨달음 같은 것이 자라나는 것이다.

만남과 헤어짐 ─ 실은 불가사의한 것이다. 수많은 사람들 중에서 왜 하필이면 그 사람을 만났던 것일까? 그리고 어찌하여 헤어지게 되는 것일까?

이러한 테마를 가지고 이야기를 하자면 길고 긴 문장으로 이어질 것이다. 그러한 글은 이 책의 틀을 넘기는 것은 물론이거니와 필자의 지식이 부족하기 때문에 깨달음을 얻은 전문가에게 맡기는 것이 좋을 것이다.

밤하늘에 떠있는 별의 수효 만큼이나 많은 사람들 중에서 두 사람이 특별히 뽑히어 맺어진 부부는 일생동안 헤어지지 않고 끝까지 사는 것이 아름답고 바람직하다는 것은 말할 것도 없다. 그러나 운명의 장난이나 자기 자신의 변덕으로 인하여 마치 '썩은 사과'와도 같은 상대와 결합되었을 경우도 있다.

이런 경우에는 분별심을 갖고 냉정하게 대처할 수 있는

수단을 생각해야 한다. 이혼을 숙고해 보는 것이다.

하지만 홧김에 '헤어지자'는 말을 하는 것은 절대 안 된다. 그 말은 신성한 결혼 생활에 대한 모독이기 때문에 자신과 상대의 가슴에 오랫동안 앙금을 남기게 된다.

47

내가 못살아

평범한 사람에게 있어서 결혼 생활은 조화와 부조화의 연속이며 기쁨과 슬픔의 반복이다. 조화와 부조화의 생활로부터 조화만의 생활로 옮기려면, 부부간에 어떤 약속이 필요하다.

부부 사이에 싸움이 생기는 원인은 평범하고 작은 일에 대하여 지나치게 파고 들어서 고지식하게 자기 주장만을 하기 때문이다.

세상에는 참으로 하찮은 일을 가지고 크게 확대하여 싸움을 일삼는 부부들이 많이 있다. 여러분도 부부 싸움을 했던 경험을 생각해 보면 필자의 말에 공감할 것이다. 따라서 불필요한 부부 싸움을 피하려면 중대한 일과 그렇지 못한 일을 구별하는 지혜가 필요하다.

가정 생활이 너무 해이해져서 예의가 무시되고 상호간의 거친 감정으로 가정이 부조화를 이루게 되는 경우를 흔히

볼 수 있는데, 예의 범절을 잃은 민주주의는 그야말로 꼴불
견이라 아니할 수 없다.

• 행복한 결혼이 적은 이유는 부인들이 그물을 만드는 데에 바빠서
바구니를 만드는 노력을 하지 않기 때문이다. -J.스위프트-

48
웬지 우울해

어느 외국 가수의 노래 가사 중에 이런 대목이 생각난다.

여름이 겨울이 된 것처럼 사랑이 식었다.
섹스도 즐기지 못하고, 의사 소통도 없었다.
그러나 흡연, 몸무게, 그리고 일상 생활에 대한 불평과 잔
소리는 많이 늘었다.

나는 이 노래를 들을 당시 '권태기'를 잘 표현했다는 생각
을 했었다. 인간은 본질적으로 싫증을 잘 느끼도록 창조된
생물이다. 그래서 반복되는 생활, 매일 만나는 사람, 같은
일이 계속되는 직업에 싫증을 느끼게 된다. 시들해져서 지
겹다고 생각한다. 이것이 바로 권태이다.
권태기는 어느 부부에게서나 찾을 수 있는 결혼 생활의
한 과정 같은 것이기도 하다. 그것은 부부간에 어떤 뚜렷한

문제가 있어서 찾아드는 것만은 아니다. 오히려 불행한 사람들이 갈구하는 행복이 권태기의 압도적인 원인인 경우가 많다.

대체로 부부가 살기에 바쁠 때는 권태를 느낄 여유가 없다. 그러나 조금 살만하면 긴장이 풀려서 게으름이나 싫증의 그림자가 드리워지는 것이다.

결혼 생활이 변덕스런 인간을 언제까지나 만족시킬만큼의 흥분과 자극을 제공하지는 못하며, 사랑이 영원한 것도 아니다. 그리고 가정은 인간에게 가장 인간적인 모습을 드러나게 하는 공간이므로 부부는 자신에게 가장 편리한 타성(惰性)에 젖게 된다.

세상에 버릇처럼 무서운 것이 또 있을까? 버릇은 한번 들이면 참으로 변경하기가 어렵다. 왜냐하면 버릇을 버리고 뛰쳐 나오는 것보다 그 버릇 속에 머물러 있는 것이 훨씬 더 편하고 쉽기 때문이다.

타성에 젖어 사는 부부는 상대에 대한 성의와 배려가 부족하다. 그저 버릇대로 상대를 대우하는 것이다. 표현을 달리하여 말하자면 '언제나 이런 식으로 해왔으니까' 오늘도 이런 식으로 한다는 것이다. 여기에서 권태는 자라기 시작해서 어느 순간에 표출하게 되는 것이다.

'웬지 우울하다'는 것은 권태기의 다른 표현이라 말할 수 있다. 전혀 새롭지 않는 단조로운 삶 속에 머물고 있는 자신의 존재 가치가 허무하고 쓸쓸한 것이다. 이 감정에 심화되면 자신의 인생을 이렇게 만들어 버린 남편 혹은 아내가 미워지기까지 하는 것이다.

세상의 많은 부부들은 이 권태기를 슬기롭게 극복하고 좀

더 성숙한 애정을 되찾게 된다. 그러나 이러한 권태기에서
방향을 잃고 영원히 방황하는 부부도 적지 않다. 가정 생활
의 행복을 진정으로 원하는 현명한 부부는 언젠가는 찾아들
게 될 이 불청객에 대비하여 나름대로의 노력을 하게 된다.
자신의 존재가 상대에게 식상하지 않도록 끊임없이 노력
한다는 얘기이다.

권태기를 예방하는 방법은 물론 있다. 그것을 약간 시적
(詩的)으로 표현하면 다음과 같다.

과거에 어떠한 일이 있었더라도 그것은 이미 지나간 것,
인생은 영원하며 항상 지금이 시작인 것
진정으로 행복을 원하는 사람이라면
과거에 얽매이지 말고 항상 새롭게
다시 시작하는 마음이 중요하리
지금 당신은 신혼 중, 항상 신혼이다
신혼 외에 권태기를 예방할 수 있는 가정 생활은 없으리
라
새로 시작하는 마음으로 열심히 노력하여도
역시 어제와 같은 생활이 반복된다면 그것은
과거에 대한 집착을 버리지 못했기 때문이리
응어리진 마음을 풀어라
풀어헤쳐서 지나가는 바람에 날려 버려라
그리고 항상 새로 태어난 당신 내부의 생명의 속삭임에
귀를 기울여야 한다.

49

잘났어 정말

모든 일을 정중하고 친절하게 할 수 없는 것은 사랑이 부족하기 때문이다. 사랑은 추상적인 개념이 아니다. 자신으로 하여금 공손하고 친절하도록 몰아세우는 힘이 사랑인 것이다.

사랑은 남에게 상처를 입히는 것을 싫어한다. 질투나 편견으로 타인을 괴롭히는 사랑은 진정한 사랑이 아니다. 행동은 물론 언어에 있어서도 또한 상념(想念)에 있어서도 전혀 남을 해치지 않는 마음이 되었을 때, 그 사람의 사랑은 완성에 근접하고 있는 것이다.

사람들은 친해지면 예의를 잃기 쉽다. 마음이 통하여 예사로 생각하기 쉽다. 흉허물이 없기 때문이겠지만, 종종 이러한 관계에서 앙금이 쌓이고 벽을 놓게 만든다.

말버릇은 사람의 감정을 가장 쉽게, 가장 직접적으로 자극한다. 저속한 말투나 비웃는 말투는 듣는 사람의 감정에 불을 붙이게 된다.

'잘났어 정말!'이란 말은 반어법(反語法)을 활용한 저속한 유행어이다. 수사법에서 반어법은 상대방을 풍자하거나 조롱하기 위하여 반대되는 말을 써서 그 효과를 극대화시키려는 경우에 많이 쓰인다. 예컨대 '좋아요'라는 말을 '싫어요'로, '나쁜 짓을 했구나'를 '좋을 일했다'로 표현하는 것이다. 따라서 '잘났어 정말'은 표면상으로는 칭찬하는 말 같지만 참뜻은 그 반대라는 사실을 더욱 강조하고 있는 것이다.

앞에서도 말했지만 사람을 질책하거나 충고할 때는 그 인격이 아닌 행위를 문제 삼아야 한다. 그래야만 질책을 당하는 사람의 감정의 동요를 최소화시킬 수 있음과 아울러 반성을 기대할 수가 있는 것이다.

50
쥐뿔도 없으면서

왜 그런지 대부분의 사람들은 비평하기를 좋아한다. 사람을 중상하기 전에 자신의 마음속에 남을 헐뜯는 천박한 마음이 있음을 반성할 수 있으면 좋으련만……, 안타깝게도 그러지들 못한다.

왜 그런지 대부분의 사람들은 좋은 버릇보다 나쁜 버릇을 더 쉽게 가진다. 말도 하고많은 좋은 말을 애써 버려두고 나쁜 말을 잘도 찾아내서 입에 담는다.

'쥐뿔'이란 단어는 아무 보잘 것이 없음을 가리키는 말이다. 이 단어를 넣는 대부분의 말은 사람을 조롱하는 경우에 사용되기 때문에 듣는 사람의 기분을 상하게 만든다.

'쥐뿔 나다', '쥐뿔도 모른다', '쥐뿔도 없다', '쥐뿔 같다' 따위의 말이 그것이다.

'가는 말이 고와야 오는 말도 곱다'라는 격언은 상식에 속한다. 남을 욕하면 남도 나를 욕하는 것은 정해진 수순(手

順)인 것이다. 그런데 어째서 사람들은 자기는 실컷 상대를
비방하면서 상대에게서는 좋은 말을 기대하는지 안타깝기만
하다.

상대를 나쁜 사람이라고 말했을 때 자기 자신 역시 나
쁘다고 생각하면 틀림이 없다. 남편이 쥐뿔도 없는 사람이
라면 함께 사는 아내 역시 그와 다를 바 없다.

51
남자가 쩨쩨하다

현대의 우리 사회는 놀랍도록 여성의 위치가 격상되었다. 오해를 무릅쓰고 말하지만 여성계의 목소리가 천둥소리만큼이나 커졌고, 남성들은 그 비위를 맞추기에 급급하고 있는 것 같다. 여성들은 삶의 거의 전부분에 대하여 남녀 동권을 주창하며 남성들과의 힘겨루기에서 조금도 뒤지지 않으려고 하고 있다.

자기 주장이 강해졌고, 곁에서 자상한 마음으로 남성을 도와주는 것을 천대시하는 경향이 많아 졌다. 거칠고 천박한 말도 예사로 쓴다. 남녀 동등을 목청껏 부르짖으며 그들이 말하는 구습(舊習)을 박력있게 타파해 나가고 있다.

아무튼 바람직한 일이다. 인간으로 태어난 이상 남녀 차별없이 대우를 받아야 한다는 여성계의 입장에는 나도 적극 동조한다.

그런데 여성들의 말과 행동에서 참으로 딱한 경우를 목격하게 되는 때가 많다. 비유해서 말하자면 《이솝 우화》 속의 박쥐와 같은 여성들이 많이 양산된 것이다. 필요에 따라 이랬다 저랬다 하는 것이 '박쥐족' 여성들의 특질이다. 모든 면에서 남녀 동등을 부르짖지만 자기에게 약간이라도 불리하면 '연약한 여자'임을 내세우는 것이다.

생리일을 악용하고 체력적인 차이를 구실로 하는 것 따위가 그것인데, 이것은 남녀 동등권은커녕 그것을 역용(逆用)·난용(亂用)하는 것임과 동시에 여성들 스스로 남녀 동등권을 파괴하는 행위라고 아니 할 수 없다.

경박하고 촌스러운 여성들은 어떤 남자가 자신의 비위에 맞지 않으면 — 특히 금전적인 문제에서 — '남자가 쩨쩨하다'는 말을 입에 담는다. 시시하고 신통찮다, 잘고 인색하다, 치사스럽고 더럽다는 뜻을 포함하고 있는 '쩨쩨하다'는 말로 남성을 자극하여 자기의 잇속을 챙기겠다는 간악한 심보가 그 말속에 숨어 있는 것이다.

말을 선용하면 온갖 선(善)을 부르지만 말을 악용하면 온갖 악(惡)을 부르는 법이다. '쩨쩨하다'는 말로 남편의 자존심을 할퀴어 놓았을 때 아내가 얻을 수 있는 결과는 과연 무엇일까를 곰곰이 생각할 일이다.

52
꽁생원

사랑이 듬뿍 담긴 다정스러운 말은 듣는 사람에게 행복을
주며 말한 사람 자신도 행복하게 된다. 차갑고 증오를 내포
한 말은 말하는 사람 자신이 먼저 불행해지며 그 말을 들은
사람의 마음을 짓이긴다.

'꽁생원'은 매사에 꽁한 남성을 조롱하는 남성 명사이다.
한마디로 '남자답지 못하다'는 뜻이다.

남성이 남자답고 싶은 욕망은 여성이 짐작하는 이상으로
뿌리가 깊다. 그래서 남자를 추켜주거나 격려할 때는 그 어
떤 말보다 '남자답다'는 말이 가장 효과적이다. 반대로 남
자에게 '남자답지 못하다'고 하면 어떤 말보다 남자의 자존
심에 상처를 주게 된다.

53
여자라면 사죽을 못쓴다

"만일 모든 여성이 같은 얼굴, 같은 성질, 같은 마음을 갖고 있다면 남성은 절대 부정한 행동을 안할 뿐더러 연애도 안할 것이다. 본능적으로 한 여성과 죽을 때까지 운명을 함께할 것이다."

이 말은 저 유명한 유혹자 카사노바*의 말이다. 그의 여성 편력을 기록한 《회상록》을 읽어보면 '나는 이렇듯 수많은 여자를 정복했노라'고 숫자를 과시하는 느낌을 떨칠 수 없다.

대부분의 여성 독자들은 '카사노바'라는 이름을 듣는 것만으로도 혐오감을 느낄 것이다. 그러나 세상의 모든 아들들의 마음 깊숙한 곳에는 카사노바적 욕망이 숨어 있다. 아름답고 매력있는 여성이라면 천명이고 만명이고 가리지 않고 상관하고 싶다는 욕망이 그것이다.

이렇게 주책없는 남자의 욕망에 많은 여성들은 의문을 품고 질문을 한다. '남자들은 왜 애정도 없는 여성과 관계를 맺는가'하고.

이것에 대하여 간단히 설명을 하겠다. 잠시 눈을 밤거리로 돌려 보자. 거기에는 여성의 몸을 돈으로 사려고 서성대고 있는 남자들의 숱한 그림자를 찾아볼 수 있다. 그들의 동물처럼 어둡게 빛나는 눈은 영락없이 여성들에게 혐오감을 불러 일으킬 것이다.

그러나 무턱대고 혐오감을 품는 것은 '남자라는 생물'에 대한 지식이 없기 때문이다. 남자의 성(性)에 너무 무지하기 때문이다.

때때로 남자의 육체를 꿰뚫고 지나가는 검은 폭풍, 즉 몸속에서 부글거리는 정욕은 참으로 슬픈 것이다. 사랑하는 상대를 향해서만 욕망을 느낀다면 참으로 좋은 일일텐데, 창조되기를 그렇지 못하도록 창조된 것이다. 그래서 슬프고도 딱한 일인 것이다.

어쨌든 남자는 사랑하지 않는 여성에게라도 정욕을 느낀다. 남자들의 정욕은 본질적으로 정신적인 사랑과는 관계 없는 장소에서도 일어난다. 이것은 남성의 의지와는 상관없는 경우가 많다. 흔한 예로 스트립 쇼를 보러 가는 남자들을 생각하여 보라. 무대에서 춤추며 몸을 뒤틀고 있는 나체 스트리퍼들은 그것을 보고 있는 남성의 애인도 아니고 아내도 아니다. 아무 것도 아니다. 그러나 남자들은 그것을 보고도 육욕을 느끼는 것이다.

이렇듯 남자들의 성은 제멋대로이다. 남자에게 있어서 외도란 정신적인 애정과는 별로 관계 없는 일이다. 외도는 결코 좋은 것은 아니지만, 설사 남편이 하룻밤쯤 바람을 피

웠다 한들 그것으로 아내를 사랑하지 않게 되었다고는 규탄
할 수는 없는 것이다. 그는 단순히 육욕을 채우기 위해 아내
이외의 여성의 몸과 접촉했을 뿐이다.

물론 많은 남편들은 아무때나 불끈불끈 치솟는 욕망을 잘
참아내고 있다. 욕망에 이끌리는 것은 인내력이 부족하기
때문이라고 탓할 수도 있다. 그러나 남자가 여자를 좋아하
는 것은 여성이 남성을 좋아하는 것과는 사뭇 다른 점이
있다는 것을 알아 주었으면 한다.

---

*카사노바(Casanova, Giovanni Giacomo);이탈리아의 문인(文人)·엽색가. 프랑
스어로 된 《회상록》 12권은 유명함. (1725~98)

54

희망이 절벽이다

　기분은 다분히 언어로 좌우되는 경향이 짙다. 사람의 마음을 조화 있는 상태로 유지시키려고 생각한다면 서로가 말을 부드럽게 하여 다정하고 애정이 충만된 어조로 이야기하여야 한다. 같은 내용의 말이라도 그 어조에 따라 상대의 마음에 대하여 쾌감을 주기도 하고 쇼크를 주기도 한다.

　결혼 전에 사용하던 다정하고 부드럽던 상호간의 어조가 결혼 후 몇 개월이 지나면 묘하게 변질되는 경우가 많다. 자기의 말이 상대의 감정에 미치는 영향은 조금도 염두에 두지 않고 말을 함부로 하는 것이다.

　아내가 남편에게 하는 말 중에서 '희망이 절벽'이란 말은 참으로 가혹한 말이다. 내일을 기대할 수 없다는 절망을 이 말속에 내포하고 있는 것이다. 인간이란 유동적인 존재여서 내일 일을 모르는 것이다. 시원찮게 보이던 사람이 언제 어떻게 일약 출세할는지도 모르며, 반대로 괜찮게 생각했던 남자가 일시에 타락하게 될는지도 모르는 일이다.

그러므로 아내가 남편에게 해야 할 말은 '글렀다'는 부정적인 말이어서는 안된다. 어떤 경우라도 긍정적이고 희망적인 말이어야 한다. 용기를 북돋아 줄 수 있는 말이어야 한다.

희망과 용기는 사람의 인생을 변경시키는 핵심적인 열쇠이다. 역경 속에서도 반짝이는 희망 때문에 살아 갈 용기를 얻게 되는 것이다. 그런데 아내가 희망이 없다고 선언함으로써 남편은 정말로 희망의 끈을 놓아 버리는 수도 있는 것이다.

프랑스의 평론가 모로아는 '남편의 무능'을 불평하는 아내들을 향하여 이렇게 질책했다.

"남편이 창조적인 활동에 대한 감각을 잃는 것은 전적으로 그 아내에게 책임이 있다. 어째서 남편이 창조적인 활동을 중지하게 되었는가? 거기에는 가정적인 결함이 깃들어 있는 것이다. 이렇게 말하는 나에게 '어째서 아내에게 책임이 있느냐?'라고 반문할 여성이 있을지 모른다. 그러한 반문에 대한 나의 대답은 '그렇다면 왜 당신은 능력도 없는 남자를 당신의 남편으로 처음부터 선택했느냐'고 말해 주겠다."

55
마마 보이

어린이는 어렸을 때부터 일정한 질서를 지키고 미덕(美德)을 지키도록 가르치지 않으면 안된다. 무릇 질서가 있는 곳에 아름다움이 있고 생명이 있는 것이다. 질서가 없어진 세상은 난세이며 혼돈이다. 질서가 없어진 생리 작용은 병이다. 자유와 무질서를 혼동해서는 안된다. 참된 애정과 과잉 애정을 혼동하게 되면 자녀를 망치게 된다.

소위 '머더 콤플렉스'가 강한 남자를 '마마 보이'라고 한다. 통계적으로 해마다 이렇게 달갑잖은 인간 유형들이 증가하고 있는데, 개인의 자유와 개성을 강조하고 있는 신세대들 사이에서 부쩍 늘어 가고 있다는 사실은 참으로 아이러니하다.

매사에 어머니의 치마폭에 휘감겨 로보트처럼 행동하는 남편을 둔 아내의 고충은 보지 않아도 충분히 짐작이 간다. 그들은 어머니 말이라면 깜빡 죽고 고부간의 문제에 있어서도 맹목적으로 어머니 편만을 든다. 어머니에게 좌지우지되는 남편을 둔 아내는 문제가 생길 때 의지할 사람이 아무도 없다. 그래서 한없는 절망에 견딜 수가 없는 것이다.

　내가 여기에서 말하고자 하는 것은 그런 별종들이 아니다. 성인이 되어서도 어머니가 없으면 살아갈 수 없는 나약한 마마니스트(mammanist)를 말하려고 하는 것이 아니다. 부모님의 뜻에 순종하려고 하는 선량한 남편들, 즉 효자(孝子)라고 칭송받아 마땅한 남편을 '마마 보이'라는 치욕스런 말로 몰아붙이는 돼먹지 못한 아내들을 말하는 것이다.

　사람이 짐승과 다른 것은 도덕과 예의를 알기 때문이다. 은혜에 보은할 줄 알기 때문이다. 사람은 세상의 숱한 은혜에 힘입어 살고 있지만, 어떠한 것도 부모의 은혜보다 우선하는 것은 없다. 자식을 낳고 성장시키기까지의 그 크나큰 사랑과 희생을 어찌 필설로 다 형언할 수 있겠는가!

　부모에게 효도하는 남편을 공박해서는 안된다. 그 효를 방해해서는 안된다. 만약 남편의 효를 방해하여 몸소 불효를 실천한다면 그 죄는 눈덩이처럼 커져서 그 사람에게 필히 되돌려줄 것이다.

56
당신은 몰라도 돼요

자신만의 행복을 위해 아무리 애써도 부부의 본질은 일심 동체이므로 상대방이 행복하게 되지 않는 한 자신도 행복해 질 수 없다. 남편이 행복스런 표정을 지을 수 없다면 그 아내 또한 행복해질 수 없다. 동시에 아내가 행복스런 표정을 지을 수 없다면 그 남편이 행복하게 될 수는 없다.

남편에게 불쾌한 말과 표정으로 대하는 것은 남편을 불행하게 만들고 있는 행위이다. 아울러 그 당사자도 불유쾌한 마음으로 인하여 괴롭고 고통스러울 것이다.

세상의 아내들 중에는 남편을 자기의 아래에 두고 노골적으로 무시하는 아내가 적지 않다. 남편의 존재를 시원찮게 보고 안하 무인(眼下無人)처럼 행동하고 있는 것이다. 그 남편이 무골 호인(無骨好人)이 아니라면 필히 아내에 대한 벼락처럼 강한 불만을 가슴속에 품고 있을 것이다.

당신이 사랑했기에 선택한 남편은 결코 바보가 아니다.

함부로 무시할 상대가 아니다. 설령 당신의 불손한 말에 표면적으로 별다른 반응을 보이지 않는다고 해도 마음속까지 그런 것은 아니다.

참을 수 없는 분노를 인내하고 있는 사람이 항상 무서운 법이다. 그 분노가 어느 순간에 폭발하게 되면 당신으로서는 도저히 감당할 수 없는 그 무엇을 동반할 것이다.

부디 그 최악의 사태를 피하기 위한 노력을 하라. 결코, 결코, 결코 남편을 무시하지 말라. 상대가 싫어하는 것은 애써 피하고 좋아하는 것을 함께 즐기려는 마음이 애정인 것이다.

57

당신이나 잘해요

"여자는 여성 본래의 자태로서 남자 앞에 섰을 때 남자를 위한 일체의 것이 될 수 있다. 그러나 지나친 자유의 여성으로서 존재할 때는 남자의 장난감에 지나지 않는다"

내가 좋아하는 덴마크의 격언이다. 나는 이 격언 우려먹기를 좋아한다. 특히 교만하고 거친 여성들을 만나면 공격받을 각오를 하고 꼭 이 말을 한다.

부드럽고 상냥한 것은 여성다움의 상징이며 조건이다. 이것을 지니지 못한 여성은 여성으로서의 가장 좋은 매력을 상실하고 있는 것이다. 따라서 남성으로부터는 물론이거니와 같은 여성에게도 좋은 평가를 받지 못하는 것은 당연하다.

거칠고 드센 여성을 경원하는 것은 세상이 어떻게 변해도 지금과 하등 다를 것이 없을 것이다. 그런데 현대 여성들은 애써 자신들의 '최상의 매력'을 버리고 있는 듯한 느낌이

든다. 이것은 여성들 자신을 위해서나 남성을 위해서나 실로 불행한 일이 아닐 수 없다.

비천한 성품과 거친 입을 가진 여성은 그 언행으로 자기의 품격을 스스로 낮춘다. '경솔한 말로 남편을 무시함으로써 '메아리의 법칙'을 만든다. 다시 말하여 악(惡)으로서 '악'을 부르고 있다는 것이다.

인간의 약점은 남의 허물을 탓하기는 쉽지만 자기의 허물을 발견하기 어렵다는 점이다. 자기도 잘못하는 주제에 다른 사람의 잘못을 입에 담고 신나게 씹어대는 것이다.

만약 당신의 남편이나 혹은 아내가 그런다면 '당신이나 잘해요'라는 말을 하고 싶은 충동을 참기 어려울 것이다. 밉쌀스런 마음에 불만을 실컷 터뜨리고 싶을 때가 많을 것이고, 무심결에 이 말이 튀어나올 경우도 있을 것이다.

그러나 결코 그런 말을 해서는 안된다. 왜냐하면 자기가 흉을 보고 경멸하는 타인의 행위가 곧 자신의 허물이라는 것을 깨닫게 되는 것이 부끄럽기 때문이다. 문제는 그 부끄러움이 반성으로 이어지지는 않는다는 사실이다.

"당신이나 잘해요."

꼭 이 말을 해야 하겠다면 예수 그리스도의 다음 말을 상기한 다음에 해도 늦지는 않을 것이다.

"너희 중에 누구든지 죄없는 사람이 먼저 저 여자를 돌로 쳐라."

58
웃기고 있네

사람은 너무나 변덕스럽다. 오욕(五慾)은 좀처럼 만족을 못하고, 칠정(七情)은 너무 안정성이 없기 때문이다. 차 한 잔을 마시거나 전화를 걸고 받는 짧은 순간에도 변덕을 부린다. 그런가 하면 눈에 보이고 귀에 들리는 소리에 따라 마음은 기뻤다 슬펐다를 반복한다.

행복도 변덕스럽다. 행복은 아내 또는 남편의 한마디에 의하여 변덕을 부린다. 남편이 기껏 이야기를 하고 있는데 아내가 '웃기고 있네' 한다면, 남편의 기분은 순식간에 변경할 것이다.

가는 말이 고아야 오는 말이 곱고, 가는 방망이에 따라오는 것은 홍두깨라는 것은 상식이다. 남편의 감정을 한껏 상하게 만들어 놓고 좋은 기분을 요구하는 것은 무리이다.

"나는 절대로 나쁜 짓을 하지 않았습니다. 저 사람이 나쁩니다."라고 말할 때 그 사람은 많은 반성이 필요하다.

행복은 누가 선물로 가져다 주는 것은 아니다. 밖으로부터 오는 것이 아니며 바로 자기 자신의 마음에 달려 있다. 상대방이 잘못했다고 생각하고 있는 동안에는 진정한 행복이 올 수 없다. 자신을 합리화하기 위하여 상대방을 중상하면 결국 그것은 자기 자신에게 돌아와 상처를 입힌다. 예수와 같이 모든 사람의 죄를 자기가 떠맡을 때 오히려 영혼의 기쁨을 느끼게 되는 것이다.

사랑의 결핍으로부터 모든 부조화가 싹트기 시작한다. 사랑은 자타 일체(自他一體)의 감정이므로 사랑이 있다면 상대와 일체가 되어 생각할 수가 있다.

상대의 입장이 되어 볼 때, 그 사람이 가령 어떠한 행동을 하였다 하더라도, 그렇게밖에 할 수 없었던 피치 못할 사정이 있었음을 알게 된다. 그리하여 상대방을 이해하게 되고 용서하는 것이다.

59
내가 집에서 노는 줄 알아

시대가 변했다고 하지만 아직도 가사(家事)의 대부분은 여성들의 몫이다. 남편이 도와준다고 해도 단지 '도와주는' 것뿐이다. 가사란 어떤 중노동 못지 않게 힘든 일임에 틀림없다. 천방지축 날뛰는 아이들을 쫓아다니고 뒷바라지하는 일만 해도 벅찰 것이다. 해도 해도 끝이 없는, 매일 같이 반복되는 자질구레한 일들이 짜증을 나게 하고 귀찮기도 할 것이다.

그러나 대개의 가정 주부들은 필요 이상으로 마음을 쓰거나 초조해 하는 것으로 심하게 에너지를 낭비하고 있다. 그리고 저녁 때가 되면 피곤해서 휘청거리게 되는 것이다.

이같이 피곤한 상태로는 부부가 함께 쾌활하고 유쾌하게 대화할 수 없으며, 푸념을 늘어놓거나 아니면 그저 묵묵히 TV에 마음과 눈을 빼앗길 것이다. 이런 상태로는 부부 사이가 차차 어색하게 되어 버린다.

이들 부부가 지쳐 있는 것은 일이 바빠서 그런 것이 아니다. 자신의 에너지를 유효하게 사용하는 방법을 모르고 무리하게 마음을 혹사하기 때문에 생기는 것이다. 또한 많은 여성들은 일의 순서를 조절하지 않기 때문에 이중으로 에너지를 소비하는 경우가 있다.

일을 순서 있게 정리하고 밝은 마음으로 유쾌하고 즐겁게 감사하며 해나간다면 피로를 느끼지 않고 보다 유익한 시간을 갖을 수 있을 것이다.

아내라는 역할도 직업이라 할 수 있다. 직업을 가진 이상 프로 의식을 가져야 한다. 적어도 남편이 귀가하기까지는 시간표에 준하여 가사라는 직업에 충실하고, 이 후는 사랑스런 아내의 모습이 되어 있어야 한다. 아무리 피곤하고 힘들더라도 남편과 얼굴을 마주하는 시간 만큼은 산뜻한 자기 연출이 필요하다. 직업을 수행하면서 생길 수 있는 짜증과 푸념은 모두 벗어버리고 사랑하는 남편과 아내로 만나야 한다.

할 말이 태산같이 많다 하더라도 푸념이나 짜증을 늘어놓아서는 이로운 것이 없다. 이 말은 '나도 힘들었지만 당신도 나 못지 않게 힘들었을 것이다. 이제는 휴식의 시간이니까 서로 짜증스런 이야기는 피하자.'라는 마음가짐이 행복한 가정 유지의 비결이란 이야기이다.

알고 있으면서 모른 체한다는 것은 좋은 일이다. 그것을 피해주는 것이 배려이고 애정이다. 힘들고 짜증스럽더라도 그것을 내색하지 않고 웃어주는 아내의 모습이란 얼마나 갸륵한가.

아내의 본분을 다하지 못한 여성일수록 변명이 많다. 남편의 와이셔츠 단추가 떨어졌는데도 며칠이고 방치해 두고 있다가 남편이 핀잔을 주면 즉각 눈살을 찌푸리며 목청을 높인다.

"내가 집에서 노는 줄 알아……."

정말 꼴불견이 아닐 수 없다. 아내로서 자격이 없다. 강제로 추방당하기 전에 사표를 내는 것이 어떨까?

60
술 좀 작작 마셔요

이 세상에서 최초의 인간이 포도를 재배하고 있었다. 하루는 악마가 찾아와 물었다.

"무엇을 하고 있는 게요?"

최초의 인간이 대답했다.

"아주 훌륭한 식물을 심고 있소."

악마는 "이런 식물은 본 적이 없다."라고 말했다. 그래서 인간은 "이것은 아주 달콤하고 맛있는 열매가 열리는데, 당신이 그 즙을 마시면 매우 행복하게 될 것이오."라고 말했다.

악마는 그렇다면 나도 끼워달라고 말하면서 양·사자·돼지·원숭이를 데리고 와, 이 네 마리를 죽여서 그 피를 비료로 쏟아 부었다. 이것이 포도주가 생긴 유래이다.

처음 마시기 시작했을 때는 양과 같이 순하고, 조금 마시면 사자처럼 강해지며, 그 이상 마시면 돼지처럼 더럽게 된다. 너무 지나치게 마시면 원숭이처럼 춤을 추고 노래를 부르기 시작한다. 이것이 악마가 준 선물이라고 한다.

이 이야기는 《탈무드》에 나오는 '술의 기원'이다.

가정 불화의 원인이 술에 있는 가정도 적지 않다. 가계 사정이 어려운데 남편의 술값 지출이 과중하다든지, 혹은 나쁜 술버릇 때문에.

나는 술을 무척 좋아하는 편이다. 내가 술을 가장 많이 마신 것은 20대였다. 최고 기록으로 2홉들이 소주를 17병까지 마신 일이 있었다. 나의 평균 주량은 소주 3병, 막걸리 5홉, 위스키 한 병 정도이다. 그렇게 마시고도 표면적으로는 취한 모습을 보이지 않는다. 겉으로 보아서 술을 마셨는지 마시지 않았는지를 분간할 수 없을 정도이다. 평상시처럼 싱글벙글 웃으면서 남의 말을 경청할 수도 있고, 취중에 크게 실수한 적도 없다. 말하자면 무척 점잖은 술버릇이다.

한데 사람들 중에는 취하면 별의별 술버릇을 가진 사람이 많다. 똑같은 말을 지치지도 않고 되풀이 하는 사람, 폭언이나 폭행을 일삼는 사람, 공연히 시비를 거는 사람, 우는 사람, 옷을 벗어 던지는 사람, 옆사람을 매만지는 사람 등으로 가지각색이다.

나 자신이 열렬한 술 예찬론자이지만 주사(酒邪)가 심한 사람을 만나면 역시 싫다. 그런데 아내들 입장에서 보면 얼마나 싫고 미울까, 그 심정 백번 이해가 되고도 남는다.

"술 좀 작작 마셔요."

"술 좀 끊어요."

"술 좀 적당히 마셔요."

아내들은 남편의 건강을 위해서, 가정의 평화와 행복을

위해서 등등의 이유로 술을 멀리하라고 말한다. 그런데도
술꾼 남편들은 그 말을 무척 싫어하는 것이다.

나는 술마시는 행위에 대해서 이러쿵저러쿵 말하지는 않
겠다. 좋고 싫음을 정의하지 않겠다. 다만 술을 마시는 남자
의 심리에 대해서 약간만 언급하기로 하겠다.

"술은 건강에 해로우니 끊도록 하세요."

"아, 그렇군. 당신 말이 맞아. 당장 끊도록 하지."

부부간의 대화가 이렇게 순조롭게만 돌아갈 수만 있다면
세상에 술 때문에 속을 썩는 사람은 아무도 없을 것이다. 술
이 건강에 해롭다는 것을 알면서도, 취하면 실수가 따른다
는 것을 알면서도 술을 마시는 것이다.

복잡하고 다양화 사회의 생존 경쟁에 시달리는 사람들은
누구나 다소간의 부적응(不適應)으로 고민하고 있다. 이 부
적응을 해소하는데 가장 간단하고 효과적인 방법이 술이다.
직장 동료나 친구들과 명랑하게 술잔을 나누다 보면 웬만한
부적응 증상쯤은 해소되게 마련이다.

그래서 술은 스트레스를 해소시켜 주는 정신 안정제라고
의학의 입장에서도 인정하는 부분이 있다. 사실 마음을 열
어놓고 즐겁고 너그럽게 마시는 술은 심신을 위해 으뜸가는
약 구실을 하고 있는 것이다. 또한 술은 백 잔의 차를 함께
마셔도 거리감을 느끼게 하는 사람을 한 번의 술자리를 가
짐으로써 단번에 가깝게 만드는 매력도 있다.

나의 아내는 술을 사랑하는 남편을 만난 덕택에 술을 배
웠다. 2홉들이 소주 반 병 정도가 아내의 주량이다. 우리 부
부는 일주일에 한 번 정도는 권커니 작커니 술잔을 나누면
서 인생을 이야기한다. 내가 좋아하는 생선회나 산낙지 같

은 것을 안주로 장만해 놓은 날이면 나의 기분은 최고로 고조된다. 아내가 예쁘고, 사랑스럽고, 매력적이고, 고마워서 업어주고 싶을 지경이다.

술 마시는 남편을 질책하고 공격하기 보다는 작전을 바꾸는 것이 어떨까? 일주일에 한 번쯤은 부부가 술상을 놓고 마주앉아 흉금을 털어놓으면 어떨까? 인생을 얘기하고 행복을 확인하다가 흥이 나면 유행가라도 흥얼거리면 어떨까?

61
으이구, 저 화상

여성다움의 미덕은 우선 조심성이 많아야 하고 부드럽고 상냥해야 한다. 인정미가 있고 애정이 깊어야 한다.

남성다움의 미덕은 우선 곤란을 정복할 수 있는 의욕이 있어야 하고 의지가 굳세야 한다. 꾸준히 노력하여야 하며 용감해야 한다.

조심성을 잃었을 때 여성의 아름다움은 대부분 사라진다. 여성의 타고난 조심성은 소녀의 수줍음을 가지고 표현된다. 수줍음을 잃은 여성은 오직 추악에 불과하다. 처녀 때의 그 아름답던 여자가 징그럽고 흉물스러운 마귀로 변해 있는 것이다.

정신적인 수양이 쌓일수록 언행은 조심성을 더하게 된다. 정신 수양이 덜 될수록 언행은 부끄럼 없이 노출된다.

부부가 목청을 높이며 자기 입장이 옳다고 주장하는 것은 재미없는 일이다. 곁에서 보기에도 아름답지 못하다. 언제

는 사랑하니, 좋아하니 하면서 초라니 방정을 떨더니 이제
는 피차간에 약점을 폭로하며 공공연히 싸운다는 것은 추악
하기 이를데 없는 것이다.

'으이구 저 화상'이란 말 뒤에 이어지는 말은 '꼴도 보기
싫다'이다. 함께 사는 사람이 꼴도 보기 싫다면 지옥이 따로
있을 수 없다. 지옥에서 사람이 무엇을 바라고 살 수 있겠는
가.

말조심은 아무리 강조해도 지나침이 없는 말이다. 가정의
행복과 평화를 원하거든 말을 조심하라! 무심결에 좋지 못
한 말이 나오는 것을 조심하라. 화가 났을 때는 더욱 말을
조심하라.

화가 났을 때 《성경》은 이렇게 하라고 명하고 있다.

"화가 나도 죄를 짓지 말며, 해가 지도록 화를 품지 말고
서로 인자하게 하여 불쌍히 여기며 서로 용서하기를 하느님
이 그리스도 안에서 너희를 용서하심과 같이 하라."(에베소
서 4 : 26~31.)

62

✕ 새끼

내가 이 글을 쓰고 있을 때 몇몇 아가씨들이 지금까지 쓴 원고를 읽었다. 그녀들은 한결같이 고개를 갸웃거렸다. 〈당신 주제에〉, 〈돈돈돈〉, 〈무식한 주제에〉, 〈꼴에 남자라고〉, 〈꼴값 하느라고〉, 〈변태 아니예요〉, 〈쥐뿔도 없으면서〉 따위의 말을 어떻게 아내가 사랑하는 남편에게 할 수 있느냐고 반문했다. 나의 대답은 이러했다.

"결혼해서 살아 보면 알아요."

기혼 남성들의 설문 조사에 나타난 — 당신을 가장 화나게 만드는 아내의 말은 무엇인가.(㉜번 문항) — 단어들은 그야 말로 저속하고 추악한 말들의 집합체였다. '✕ 새끼', '✕ 같은 놈', '✕할 놈'은 보통이었고, 글로는 차마 옮길 수 없는 저주의 말도 적지 않았다.

사실 이제는 여자들조차 '✕새끼', '✕할 놈' 소리를 어렵잖게 한다. 언어가 사회적 관심이요, 그 사회의 인심을 재는

척도라는 관점에서 볼 때 우리는 어지간히 살벌한 시대에 살고 있다.

그러나 시대가 아무리 살벌하게 변했다고 하더라도 아내의 입에서 'X새끼' 따위의 막되먹은 말이 나와서는 위험하다. 이런 말은 한 번 들으면 좀처럼 잊혀지지 않는다. 사람에게 따라서는 평생을 가슴에 품고 지내는 경우도 있을 수 있다.

일단 사람의 마음에 증오심이 싹트기 시작하면 마치 비뚤어진 렌즈를 통해서 물건을 보듯 만사가 비뚤어져 보이게 된다. 인과(因果)의 법칙은 엄중하게 우리에게 작용하는 것이다. 증오심을 뿌려놓고 사랑이 돌아오기를 바라는 것처럼 어리석은 일은 없다.

남편을 미워하고 있으면서 남편의 사랑이 자신에게로 돌아올 것이라고 생각해서는 안된다. 토라진 얼굴과 곤두세운 눈썹, 근심어린 얼굴, 강한 고집과 반항심 등은 모두 사랑과는 반대의 것이다. 그와 같은 상태로 남편에게 대하면서 남편이 자기로부터 멀어진다고 그를 미워해서는 안된다.

자업 자득(自業自得)이다. 자신이 뿌린 씨를 거둬들이는 것이다. 남편을 미워할수록 그는 더 멀리 도망갈 수밖에 없다. 증오심은 배척심과 통한다. 배척하므로 도망치는 것은 당연하다. 말과 행동과 마음으로 남편을 증오하면서 그가 올바르게 행동해 주기를 바란다는 것은 큰 모순이라고 아니할 수 없다.

"남편이 잘해야 나도 잘하지……."

이렇게 항변하고 싶은 아내들도 있을 것이다. 그렇지만 그 반대의 경우가 정의에 가깝다. 먼저 당신이 잘하면 남편도 덩달아 잘하게 되는 것이다.

63
시어머니와 며느리 사이

'고부간은 본래 사이가 좋다'는 생각으로 마음을 돌리려 해도 남편의 어머니를 시어머니라고 부르고, 아들의 아내를 며느리라고 부른다는 생각이 있는 한 고부간의 사이는 좋아질 수 없다. 왜냐하면 오래전부터 시어머니와 며느리는 사이가 좋지 않았고, 그 선입견이 두 사람의 뇌리에 살아 있기 때문이다.

이러한 의식 속에서 벗어나는 길은, 인간 자신이 시어머니도 아니고 며느리도 아닌 관계로 돌아가는 것이다. 즉 아들의 아내를 며느리로 생각하지 말고 — 아들과 그의 처는 일체(一體)이므로 그녀 또한 나의 자식이다 — 라고 생각하는 것이다.

시어머니가 며느리를 진정으로 자기딸처럼 여기게 되었을 때, 그녀 또한 시어머니를 진정한 자기의 어머니처럼 여기게 되어 진실한 사랑을 가지고 화합할 수 있게 된다.

현명한 며느리 같으면 이와 반대로 먼저 시어머니를 친어머니처럼 믿고 대한다. 그리하여 시어머니도 마음의 문을 열고 자기를 받아들이도록 처신하다. 다소 유치한 표현이지만, 시댁 식구와 사이 좋게 지내느냐 그렇지 못하느냐에 따라 주부의 존재 가치가 커지기도 하고 작아지기도 하는 것이다.

진리는 먼저 깨달은 사람부터 실천해야 한다. 항상 알고 있는 사람이 모르는 사람을 이끌어야 하는 것이다. 그러한 노력으로 말미암아 마침내는 상대의 생각과 자기의 생각이 상호 반영하는 것이다.

이 말이 이론적으로는 옳은 말이라고 생각하지만 실제로 지키기는 힘들다고 말할 사람이 많을 것이다. 그러나 어려운 일이라고 말하기 전에 실제로 그렇게 해야 한다. 그래야만 좋은 결과를 얻을 수 있는 것이다.

64
다시 '시어머니와 며느리 사이'에 대하여

"양과 호랑이가 같은 우리 안에서 살 수 있을까? 답은 '아니오'이다. 이와 마찬가지로 인간도 시어머니와 며느리는 한 지붕 밑에서 살 수 없는 것이다."

이 말은 《탈무드》에 나와 있는 말이다. 인간이 살고 있는 곳이라면 어느 시대, 어느 나라를 막론하고 고부간의 갈등은 피할 수 없다는 것을 반증하는 말이기도 하다.

시어머니가 며느리에게 적의를 품고 있다는 것은 오해에서 비롯된 경우가 많다. 다시 말하자면 시어머니가 며느리를 사랑하여 접근을 바라고 있는 데도 며느리가 경원하거나 편의상 받들어 주는 시늉만을 하기 때문이다. 사람을 대할 때 자신 스스로는 좋은 느낌으로 대하고 있다는 것을 내색하려고 노력을 하지만, 마음이 그렇지 못할 때는 상대방이 금방 알아차린다.

밉다는 감정은 근원적으로 자신이 애정을 갖고 있지 않은 상대에 대해서는 일어나지 않는 감정이다. 그러므로 시어머니가 며느리를 못견디게 할 경우, 시어머니가 며느리를 사랑하려 해도 그 애정이 받아들여지지 않기 때문이라고도 생각할 수있다.

사랑과 미움과는 서로 표리(表裏) 관계에 있다. 이것을 심리학자는 '양의성(兩意性)'이라고 부른다. 사랑과 미움이 양의성인 것과 같이 좋아하는 것과 싫어하는 것도 양의성이다.

무관심의 경우는 싫은 것도 없고 좋은 것도 없다. 그러므로 '미움과 싫음'의 감정이 일어나는 것은 관심이 있다는 증거이고, 관심이 있다는 것은 근본에 있어 사랑이 있다는 증거이다.

그러므로 누군가가 당신을 미워하는 듯이 보여도, 실은 그 사람은 당신을 사랑하고 있다고 믿어도 무방하다. 그 사랑을 그대가 끌어내도록 하면 어느 날 갑자기 적대 관계였던 상대가 자기 편으로 변할 가능성이 있다.

65

또다시 '시어머니와 며느리 사이'에 대하여

어느 여류 작가에게서 들었던 말이 지금도 기억에 생생하다.

"나는 참나무였다. 그러나 이제 나는 버드나무이다. 그러므로 나는 굽힐 줄도 안다."

그녀는 시어머니에게 살의를 품고 살았을 정도로 고부간의 갈등이 심각했었다고 한다. 사사 건건 시어머니와 대립을 하고 조금도 지지 않았다.

서슬 푸른 두 여자의 대립에 병들어 가는 것은 그녀의 남편이었다. 마음이 너그럽고 착한 그녀의 남편은 아내를 무척 사랑했고, 효성 또한 지극했다. 그래서 그 남편은 누구의 편도 들지 못하고 고통의 날을 보내다가 끝내는 자살을 기도했다.

다행히 그것이 아내에게 발견되어 목숨을 구했는데, 그 사건을 계기로 그녀는 마음을 크게 먹고 생각을 바꿨다. 자신의 감정을 죽이고 매사에 시어머니의 뜻에 따랐다. 그것은 그녀 역시 남편을 사랑했기 때문이었다. 계속 자존심을 굽히지 않다가는 남편을 죽이고 말 것이라는 불안감 때문이었다.

그리하여 원수가 만난 것처럼 아웅다웅하던 고부간이 진정으로 화목하게 되었다고 한다. 그녀는 '며느리가 볼 때 시어머니가 하는 일이 마땅하지 않다면, 시어머니에게만 자세를 변경시키도록 요구해서는 안된다'고 말했다. '시어머니의 못마땅한 행동을 변경할 수 없다면 그것에 적응하는 것이 최상의 방법'이라고도 말했다.

그렇다. 환경이 좋지 않으므로 행복한 부부 생활을 할 수 없다고 생각하거나 말해서는 안된다. 그것은 자기 합리화 내지 변명에 지나지 않는다. 극성스런 시부모나 시누이 등이 있어 행복하게 될 수 없다는 생각을 해서는 안된다. 인간은 어떤 환경에서도 행복하게 사는 지혜를 습득하면 행복이 찾아오게 되어 있다. 자신이 어떤 곳으로 시집갔느냐 하는 것은 별로 큰 문제가 아니다. 어디에 가거나 자신의 마음의 반영이 나타난다.

항상 문제는 그 사람의 마음에 따라 좌우된다. 자신의 마음이 어디를 보느냐가 가장 큰 문제인 것이다. 환경은 거울과 같아서 자신의 마음의 보는 범위가 나타난다. 사랑을 마음속에 품고 있으면 사랑이 나타난다. 마음속으로 미움을 생각하면서 모양을 아무리 다듬어도 소용이 없다.

며느리가 시어머니에 대해서 매우 정중히 정성을 다하면서도 역효과를 나타내는 것은 이와 같은 경우이다. 사랑은 무한한 힘을 지니고 있으나 미움은 마이너스의 힘이다. 사

랑은 자신을 마음의 무거운 짐으로부터 해방시켜 주지만,
미움은 자기 자신을 열 겹, 스무 겹으로 묶는 것이다.

생각과 행동을 일치시켜야 한다. 그러면 모든 진실이 통
하여 진정으로 화합하게 된다.

66

불 평

가정 주부가 하는 일이 단조로움이 연속이라 하여 여성만
이 생활의 무거운 짐을 지고 있다고 불평하는 것은 큰 잘못
이다. 당신의 남편이 하는 일도 매우 단조로울 뿐이다. 매일
똑같은 차편으로 출근한다. 그리고 같은 책상에 앉아서 어
제와 같은 일을 반복한다. 더구나 샐러리 맨이라면 자기 생
활과는 거리가 먼 회사의 일을 하고 있을 뿐이다.

하루 종일 답답한 찻속에서 핸들을 잡고 있는 남편도 있
고, 요란한 소음과 공해 속에서 금속이나 목재를 깎는 직업
을 가진 남편도 있다. 더구나 그 일이 좋아서 하는 것이 아
닌 경우도 있다. 일이 잘못 되었다고 상사에게 질책을 당하
기도 한다. 경쟁하는 동료에게 멸시를 당할 수도 있다.

어쨌든 직업 사회는 재미가 넘쳐흐르는 곳이 아니다. 만
일 재미가 샘솟듯이 넘쳐흐르는 곳이라면, 사장은 매일 아
침 회사 현관에 서서 출근하는 사원으로부터 마치 영화관이

나 프로 스포츠를 관람할 때와 같이 입장료를 징수할 것
이다. 그것을 반대로 돈을 쥐가며 일을 시키고 있는 것이다.
역설적으로 말하자면 직업 사회는 기본적으로 재미가 없다.

그럼에도 불구하고 세상의 남편들은 묵묵히 자기의 직업
에 종사하고 있는 것이다.

그것에 비하면 아내는 어떠한가. 자신이 주인인 가정에서
자녀를 기르고, 자신의 남편의 뒷바라지를 하는 아내가 실
제로 일하는 보람을 느낄 수 있는 것이다. 왜냐하면 이해 관
계뿐 아니라 애정을 포함하는 일을 하고 있기 때문이다.

가정에서 하는 일을 마치 노예나 하는 무가치한 일로 착
각하고 가정으로부터 도피하려는 여성은 좀더 실질적인 직
업의 세계를 주시할 필요가 있다. 직업의 세계는 멀리서 동
경하는 것처럼 화려한 것은 아니다. 그 속에 온갖 문제와 압
박과 함정이 있는 것이다.

67
잔소리

필요 없이 듣기 싫게 늘어놓는 말을 '잔소리'라고 한다. 상대방의 행위가 못마땅할 때 잔소리는 나오게 된다.

사실 남자인 나도 종종 잔소리를 하고 싶을 때가 많다. 누군가의 행위가 나의 비위에 거슬렸을 때 입을 다문다는 것이 결코 쉽지 않다.

그러나 필사적으로 '잔소리하고 싶은 욕구'를 억제한다. 두 마디 세 마디, 세 마디에서 몇 마디나 더 하고 싶어도 가급적이면 한마디로 끝내려고 노력을 한다. 왜냐하면 나 자신이 잔소리 듣는 것을 무척이나 싫어하기 때문이다. 좋은 말도 세 번 이상 들으면 싫다고 했다. 하물며 싫은 말을 몇 번이고 들어야 하는 고역은 웬만한 인내심을 갖고는 참기가 어려운 것이다.

세상의 남편들은 단 한 사람의 예외도 없이 아내들의 잔소리를 싫어한다. 싫음과 미움을 넘어 증오한다.

《성경》에 의하면 잔소리는 '비오는 날에 이어서 떨어지는 물방울이다'(잠언 27 : 15)라고 씌어 있다. 또 '잔소리가 심한 집안에 사는 것보다 지붕 위에 사는 것이 더 낫다'고 했다.

"다투는 여인과 함께 큰 집에서 사는 것보다 움막에서 혼자 사는 것이 나으니라."(잠언 25 : 24)

한번 이상 어떤 말을 반복하는 것은 잔소리이다. 아내의 잔소리가 계속되는 집안에서는 그 가족이 견딜 재간이 없는 것이다. 매일처럼 귀가 시간이 늦어지는 남편, 밖으로만 나도는 자녀들이 있다면 그 원인의 십중팔구는 그 집 안주인의 잔소리 때문이다.

잔소리는 참으로 백해 무익(百害無益)하다. 절대로 좋은 결과를 부르지 않는다. 오로지 가정의 행복을 파괴하기만 하는 악마의 노래일 뿐이다.

68
공치사

"세상을 뒤덮는 공로도 '자랑 긍(矜)'자 하나를 당하지 못하고, 하늘에 가득 찬 죄과(罪過)도 '뉘우칠 회(悔)'자 하나를 당하지 못한다."

《채근담·菜根譚》에 나와 있는 말이다. 아무리 세상을 뒤덮는 공로가 있다고 하더라도 이를 뽐낸다면 애석하게도 그 공로가 빛을 잃게 된다. 흔히 사람들은 조금 잘한 일을 과장해서 공치사를 하는데, 그것이 상대방에게는 더없이 듣기 싫은 말임에는 틀림없다.

"내가 저한테 어떻게 해주었는데……."

"내가 먹여 살렸다."

"내 덕에 살았으면서 배은 망덕하게……."

어느 때 작은 도움을 준 것을 가지고 크게 부풀려 두고두고 생색을 내는 사람은 그 선행을 잃음과 함께 오히려 반감을 사게 된다. 주부가 가정에서 가사를 돌보면서, 맞벌이로 남편과 상부상조하면서 쏟았던 공로를 입버릇처럼 토해내는 경우가 적지 않다.

"아아, 피곤해! 당신은 오늘 내가 얼마나 많은 일을 했는지 알아요?"

"만약 내가 다른 집 여자들처럼 일하지 않았다면 아이들 과외는 어림도 없었겠지요?"

하기야 그 말이 맞는 말일 수도 있다. 만약 그렇다면 남편도 아내의 노고에 감사하고 있을 것이다. 그런데 그 말을 몇 번이나 반복해서 듣게된다면 넌덜머리가 나게 되는 것은 당연하다.

자기가 행한 착한 일을 자랑삼아 떠벌리면 그 향기는 없어져 버린다. 오래도록 그 선덕(善德)의 향기를 잃지 않도록 하기 위해서는 향수병의 마개를 단단히 막는 것과 같이 자기가 행한 착한 일을 자랑하고 싶은 입에 단단하게 마개를 하지 않으면 안된다.

• 타인으로 하여금 자기를 칭찬하게 하는 것은 좋으나, 자기 입으로 자기를 칭찬해서는 안된다. −〈탈무드〉−

69
푸 넘

세상에 불평 불만을 품지 않고 살아가는 사람이 과연 존재할 수 있을까? 모르기는 해도 단 한 사람도 없을 것이다. 예수님도 불평을 품었고 불만을 토로했다. 이것은 《성경》에 분명히 기록되어 있다. 안식일에 손이 마른 사람을 고치시면서 자기들이 절대로 옳다고 생각하는 오만한 바리새인들을 향하여 진노했다.

예수님도 그러한데 우리가 불평 불만을 품지 않을 도리가 없다. 인간은 그저 마음속에 있는 불만을 말해 버리고 싶은 속성을 지니고 있다. 그것이 푸넘이 되어 나오는 것이다.

그러나 푸넘은 역시 좋지 않다. 상대의 감정을 상하게 하고 우울하게 만든다. 아내의 푸넘이 백번 지당한 말이라고 해도 잔소리처럼 듣기 싫은 것이다.

푸넘도 해 버릇하면 자꾸 는다. 불평을 거듭하게 되면 뾰로통한 얼굴 표정이 습관화되어 보기 흉한 주름이 그 얼굴

에 새겨진다. 또한 불평 불만을 일으키는 불쾌한 일들이 수
없이 몰려들게 되는 것이다.

70
다시 '푸념'에 대하여

웃는 집에 만복이 온다는 말이 있다. 이 말을 한자로 표현하면 '소문만복래(笑門萬福來)'이다.

사람이 즐거운 마음을 가지고 밝게 웃으면 일에 능률이 오르고 대인 관계도 원만해져 하는 일이 순조롭게 이루어지고, 가정도 화목하여 번영을 누리게 된다. 그러나 다른 사람을 미워하거나 해치려는 마음이 있다면 성질이 사나워지고 다투기를 좋아하여 위해(危害)가 몸에 미친다.

사람은 항상 마음을 즐겁게 하여서 복을 구하고, 남을 미워하는 마음을 버려서 재앙을 멀리해야 한다.

남편이 없는 곳에서 남편을 욕해서는 안된다. '발 없는 말이 천리를 간다'라는 속담이 있다. 반드시 누가 그것을 듣고 남편에게 알려 준다는 것이 아니다. 우주에는 '에테르(ether) 파장'이라고 하는 물질이 분포되어 있어서 자기도 모르는 사이에 그 파장을 타고 남편에게 전달되어 아내의 비판을 감지하게 된다.

대부분의 남편은 그와 같은 아내로부터 발하는 '마음의 세계의 비난'에 의해서 아내를 경원하게 된다. 싫은 감정에 지배된다. 급기야는 함께 살 수 없다는 생각으로 이어지게 하여 파경을 부르게 된다.

항상 아내의 비판에 오르는 남편은 그 가정을 가시방석으로 느낀다. 세상의 아내들 중에는 이렇게 스스로 가시방석을 만들어서 남편을 내 쫓으면서도 그것을 알아차리지 못하는 답답한 아내들이 많이 있다.

71
비 난

근대의 가장 해박한 지식인으로 일컫는 영국의 대표적 역사가 토인비는 이런 말을 했었다.

"존경할만한 영혼과 구제될만한 윤리는 오히려 동양에 있었다. 서양은 모럴의 파괴, 그리고 인간성의 몰락이라는 점에서는 동양을 앞서고 있다."

토인비의 지적은 참으로 옳았다. 사회가 서구화되면서 인간성이 처참하게 몰락된 현실이 극명하게 그의 말을 증명하고 있다.

내가 즐겨 애독하고 있는 책 중의 하나가 《채근담·菜根譚》이다. 마음이 혼란스럽고 어지러울 때, 괴롭고 답답할 때는 이 책을 읽는다.

《채근담》은 동양의 대표적인 인간 미학(美學)으로 세상을 살아가는데 필요한 지혜의 샘이기도 하다. 사상적으로는 유교가 중심이며, 불교와 도교도 가미된 짧고 아름다운 불멸의 인간학이다. 이 책속에 이런 귀절이 나온다.

"열 마디 말 중에 아홉 마디가 맞아도 반드시 신기하다고 칭찬하지 않지만, 그중 한 마디라도 맞지 않으면 허물하는 소리가 사방에서 모여든다. 열 가지 계교에서 아홉 가지가 이루어져도 반드시 공(功)을 돌리려고 하지 않으면서, 한 가지라도 이루어지지 않으면 비방하는 소리가 벌떼처럼 일어난다. 이것은 군자가 차라리 침묵할지라도 떠들지 않으며, 졸렬할지라도 교묘함을 보이지 않는 이유이다."

당신은 어떠한가. 칭찬을 많이 하는 사람인가, 비난을 많이 하는 사람인가? 남편의 작은 허물을 들추는 것처럼 작은 장점에도 칭찬을 아끼지 않는가? 만약 그렇다면 당신의 인생에는 별 문제가 없을 것이다.

그러나 칭찬에는 인색하고 허물만을 따진다면 결코 행복한 생활은 멀어져 있을 것이다.

증오는 그 마음을 품은 사람에게 되돌아오고 비난은 그것을 입에 담은 사람에게로 되돌아온다.

사람은 감화시키고 행동하도록 만드는 것은 증오와 비난이 아니다. 오히려 그 반대에 해당되는 칭찬과 격려이다.

남편의 결점보다는 장점을 보라. 그리고 남편의 장점을 보면 아낌없이 칭찬하라. 칭찬하면 장점은 확대되고, 장점이 확대되면 단점이 사라진다. 그것은 마치 빛이 확대되면 어둠이 사라지는 것과 같다.

당신이 아무리 어둠을 헤매고 돌아다녀도 어둠 자체는 사라지지 않는다. 그러나 빛을 밝히기만 하면 어둠은 곧 사라진다.

그의 결점을 본인에게 잘 타일러서 고쳐주려고 하여도 오

히려 결점이 그 사람의 마음속에 깊이 도사리게 되어 고치
기 어렵게 된다.

72
다시 '비난'에 대하여

가정 생활에 있어서 어떠한 경우라도 비난은 백해 무익하다. 비난을 하여 상대방의 결점이 고쳐질 수만 있다면 아무도 비난에 대하여 탓하지 않았을 것이다.

'유(類)는 유를 부른다'는 것이 인생의 법칙이다. 사랑이 있는 곳에 사랑이 모이고 미움이 있는 곳에 미움이 모인다. 이것은 흡사 쓰레기가 있는 곳에 쓰레기가 모여드는 이치와도 같다.

비난을 받기 싫은 사람이라면 스스로 비난을 버려야 한다. 비난하는 말을 버리고 그 자리에 칭찬의 말을 채우면 상대도 당신을 칭찬하게 된다. 왜냐하면 유(類)가 유를 부르기 때문이다.

비난하기 보다는 칭찬하라. 지난날 아주 사소한 꼬투리를 잡아 비난했던 것처럼 이제는 아주 사소한 장점에도 말을 아끼지 말라. 버턴 브랠리(Berton Braley)는 이렇게 노래

했다.

만일 어떤 사람의 하는 일이 마음에 들고, 만일 당신이 그를 좋아한다거나 그를 사랑한다면, 지금 그렇게 말해주라. 그가 죽어 장례를 치를 때까지 칭찬의 말을 연기시키지 말라. 그는 이미 땅속에 묻혀 있다.

그가 죽은 후에는 당신이 아무리 고함을 치면서 칭찬을 하더라도 그는 그것에 대해서 관심이 없다. 그는 당신이 얼마나 많은 눈물을 흘리는 줄도 모르는 것이다.

만일 당신이 칭찬을 그에게 해주어야 한다고 느낀다면, 지금 당장 그에게 그것을 전달하라. 왜냐하면 그가 일단 죽어 흙으로 돌아간 후에는 자기 무덤에 세워진 비석 위의 비문을 읽지 못하기 때문이다.

73

또다시 '비난'에 대하여

세상에는 충고나 비난을 받으면 나아지는 사람과 모욕당했다고 생각하는 두 종류의 사람이 있다. 전자는 참으로 좋은 성품을 가진 사람인데 반하여 후자는 골치 아픈 족속이다. 주변 사람들을 피곤하고 괴롭게 만든다. 잘못을 하고도 반성을 모르기 때문에 후안무치(厚顏無恥)한 인간 말짜라고 할 수 있다.

과연 당신은 어떠한가? 전자에 속하는가 후자에 속하는가? 남편에게 비난을 들었다고 토라진 얼굴을 해서는 안된다. 겸손하게, 그리고 순수하게 그것을 받아들이는 표정이야말로 평화로운 가정의 바탕을 이룬다.

남편이 당신에게 충고를 했다면, 그 충고에는 어떠한 이유가 있을 것이다. 남편이 잘못 생각하고 있는지는 몰라도 —인간은 각자의 입장에서 보면 서로 다르게 보이는 경우도 있음으로— 남편의 입장에서 본 그의 의견이 있는 것이다.

입체 조각은 보는 사람의 위치에 따라서 다르게 보일 수 있다. 일상 생활은 입체 조각보다 더욱 입체적인 것이므로 서로가 얼마든지 상반된 의견을 가질 수 있다. 남편이 보았을 때 불완전하다면 당신이 잘못 생각했을 수도 있고, 그 반대의 경우도 있을 수 있다. 만약 당신의 판단이 틀렸다면 즉시 그것을 시인하라.

타인의 의견을 받아들이고 비난이나 충고에도 순수하게 귀를 기울인다는 것은 반드시 그 사람에게 굴복하는 것을 뜻하지 않는다. 참 사랑은 상대의 불평마저도 따스히 감싸 주는 것이다.

74
히스테리

소크라테스가 위대한 철학자가 될 수 있었던 것은 그의 악처 크산티페의 견딜 수 없는 히스테리 때문이었다는 에피소드가 있다. 또한 공자와 링컨, 톨스토이를 비롯한 수많은 위인들의 아내가 매우 악질적이었다고 한다.

대성(大聖) 공자님도 여자들한테만은 혀를 내두르며 손을 바짝 들었다는 사실을 《논어》에 분명하게 기록해 놓고 있다.

"가까이 하면 불손[近之不遜]하고, 멀리하면 원망[遠之則怨]하기 때문에 세상에 다루기 어려운 것이 여자[女人難養]이다."

이상과 같은 심오한 진리는 제아무리 공자님이라 할지라도 경험이 없이는 결코 깨닫지 못한다. 아마 공자님도 마누라 때문에 무던히 속을 썩었을 것이라는 생각이 든다.

그들의 높은 학식, 어진 성품으로도 아내의 히스테리는

감당키 어려웠던 모양이다. 주지하는 바와 같이 히스테리 (Hysterie)의 어원은 여자의 자궁이다. 한방 의학에서는 이 것을 '장조(臟燥)'라고 하는데, 역시 자궁을 가리킨다. 따라 서 히스테리란 '자궁의 소란'인 것이다.

아내의 히스테리를 감당할 길이 없어, 그것을 극복하기 위한 한가지 방편으로 일에 몰두했다는 이야기인데, 곰곰이 생각해 보면 일리가 있는 말이다.

그러나 세상의 모든 남편들이 공자나 링컨처럼 위인이 될 수는 없다. 그들처럼 생각이 깊고 절제심이 강하지는 못 하다. 냉정한 이성으로 감정의 소란을 제압하지는 못할 것 이다.

그렇다면 결과는 뻔하다. 그 결과에 대해서는 여러분의 판단에 맡기기로 하겠다.

75
내주장

세상에 수줍음을 잃은 여성처럼 보기 싫은 것도 없다. 그런데 대개의 여성들은 결혼을 하여 어느 정도 시간이 경과되면 지나치게 분방해져서 수줍음을 잃는 경우가 많다.

이렇게 수줍음을 잃고 말과 행동을 자기 마음내키는대로 하는 것에서 남자는 정나미가 떨어지게 된다.

여성이 여성답게 되는 것은 남성에게 아부하는 것이 아니다. 환심을 사기 위함도 아니다. 단지 자연 그대로의 표현일 뿐이다.

자연은 소중하면서도 틀림이 없다. 자연에 역행하였을 때 인간의 진정한 행복은 기대할 수 없다.

남성이 여성의 여성다움에 마음에 이끌리는 것은 마치 벌이 향기로운 꽃에 이끌리는 것과도 같다. 여성의 향기는 수줍음이다. 그러므로 수줍음을 잃은 여성은 벌과 나비가 외면하는 꽃과 같아서 가치가 감소된다.

누가 뭐라해도 여성은 우선 여성답게 되어야 한다. 그 여성다움이 여성 자신은 물론이거니와 남편과 가족의 행복을 지키는 가장 큰 요소인 것이다.

이런 말을 하면, 혹자는 필자가 여성을 언제나 남성 아래에 두려는 횡포한 봉건주의자라고 분개할지 모른다. 그러나 '신의 섭리'에 대한 나의 믿음에는 변함이 없다.

암탉이 새벽을 알리는 것은, 가장 온전하게 표현하더라도, 불길한 일이다. 이것은 천지 역전(天地逆轉), 천지 동란(天地動亂)의 징조이다. 자연을 역행하는 행위이므로 필연적으로 불행을 몰고온다는 사실을 반드시 기억해 두었으면 한다.

흔히 남성은 '씨'에 비유되고 여성은 그 씨를 받아들여 포용하는 '터'에 비유된다. 남성은 '기둥'으로 여성은 '토대'로 비유하기도 한다. '터'와 '토대'는 '음(陰)'의 상징이며, 음은 물의 근원이다. 더구나 지하로 파가면 따스함, 즉 사랑을 포함한다.

내주장(內主張)은 집의 토대가 천장에 올라붙은 것과 같다. 그것으로는 기둥이 서 있을 수가 없기 때문에 집은 쓰러질 수밖에 없다.

76
다시 '내주장'에 대하여

행복한 가정 생활은 가족이 서로 상대의 권리를 존중함으로써 얻을 수 있는 것이다. 자기만이 자유롭게 행세하고 그 영향이 다른 가족들에게 어떤 영향을 끼치는가를 생각하지 않는 가족이 한 사람이라도 있다면 그 가정의 행복은 파괴되어 버린다.

사람의 개성이나 습성은 쉽게 변경되는 것은 아니다. 개나 고양이일지라도 그렇게 녹녹히 이쪽 마음대로 되지는 않는데, 하물며 사람을 내 뜻대로 움직이게 하겠다는 발상 자체가 어리석은 생각이다.

아내된 사람은 남편을 자신의 이상에 맞추어서 그 이상형으로 변경시키려고 해서는 안된다. 현대 여성 중에는 그같은 경향을 '새롭다'고 받아들여서 의식적으로 부부간의 주도권을 손아귀에 넣으려는 여성이 있으나 그것은 결코 새로운 것이 못된다.

조금 가혹한 표현이 되겠지만, 자기 자신이 그렇게도 혐오했던 봉건적인 것을 아내 자신이 몸에 걸치고 남편을 지배하려는 '반동적 착오'에 불과하다.

진정한 민주주의는 요구하기 전에 행동하는 것이며, 어느 누구도 자기 자신의 뜻에 맞추려고 하지 않는 것이다. 좀더 설명하면 각자의 개성을 인정함과 동시에 자유를 허락하고 각각 자기 자신을 찾도록 한다는 의미이다.

세상의 아내들 중에는 남편을 봉건적이라고 원망하면서 자기 자신이 봉건 군주가 되어 있음을 깨닫지 못하고 있는 딱한 아내도 있다.

77

질 투

남편을 가장 괴롭히는 것은 아내의 바가지와 질투이다.

세상에, 정도의 차이는 있겠지만, 아내의 바가지에 시달리지 않고 사는 남편은 드물 것이다. 대개가 집안이 잘되자고 긁는 바가지이겠지만, 그 도가 지나치면 결국에는 남편을 진저리치게 만든다.

아내들이 바가지를 긁는 것은 세계가 공통적이다. 그러기에 바가지에 관한 우스갯소리도 많은데, 다음은 이집트에 전하고 있는 한 일화이다.

아프리카 오지(奧地)를 탐험하고 돌아온 인류학자가 하루는 어느 부인들의 모임에 초청되어 강연을 했다.

"내가 보기에 아프리카 오지에 사는 토인 남자들은 이 세상에서 가장 행복해 보였습니다. 반면에 여자들은 모두가 신경질적이고 난폭해 보였습니다……."

이때 한 부인이 일어나서 믿을 수 없다는 표정으로 눈을 빛내면서 질문했다.

"여자들이 신경질적이고 난폭하다면서 어떻게 남자들이 행복할 수 있습니까?"

이 질문에 인류학자는 껄껄 웃으며 이렇게 대답했다.

"하하하……. 그건 그 부락의 여자들에게는 모두 혀가 없었습니다."

"뭐, 뭐라구요? 혀가 없었다구요?"

"그렇습니다, 부인."

"그렇다면……, 그 부락의 여성들은 혀가 없는데 어떻게 지껄일 수 있습니까?"

"물론 지껄이지를 못한답니다. 그러기에 남자들은 행복했고, 여자들은 신경질적이 된 것입니다."

이 일화처럼 아내의 바가지 긁는 소리를 듣지 않고 사는 남편은 참으로 행복하다. 길 가는 사람을 붙잡고 물어도 장가를 잘 들었다는 소리를 들을 만하다.

그러나 바가지 긁는 소리보다 더 지독한 것은 여자의 질투이다. 아내의 질투는 남편을 질리게 하고도 남음이 있다.

질투(嫉妬)라는 한문 글자를 들여다보면 두 자가 모두 계집녀(女) 변이다. 이 글자로도 알 수 있듯 질투는 여자의 본능적인 감정이다. 그러기에 '여자는 질투하는 동물'이라는 말도 있다.

여자치고 질투 없는 사람이 어디 있으리오마는, 성품에 따라서 질투의 감정이 유난히 강렬한 여성이 있다. 남편이 바람을 피웠다 하여 잔인 무도하게 그 생식기를 가위로 싹

뚝 잘라버린 사건이 신문지상에 가끔 보도되는 것을 본다. 성기가 잘린 남편은 깜짝 놀라면서도 부리나케, 한 손에는 피가 뚝뚝 떨어지는 성기를 들고, 병원으로 달려갔지만 완벽하게 재생을 못했다고 하니 실로 안타까운 일이 아닐 수 없다.

여자의 질투는 이렇게 무섭다. 한번 불타기 시작하면 이성(理性)의 힘으로는 억제할 수 없는 것이 여자들의 질투다.

질투에 눈이 불타 남편의 생식기를 잘랐던 그 여자들 중의 한 사람은 아직도 그 남편과 살고 있다 한다. 밤의 욕정이 동할 때는 어찌할 것인가. 잘려나가 맨숭맨숭한 그 부분을 어루만지며 꺼이꺼이 울고만 있을 것인가.

나중에 반드시 후회를 할망정 일을 저지를 당시에는 물불을 못가리는 것이 여자의 질투이다.

78
다시 '질투'에 대하여

　사람을 미워하거나 질투하는 것은 정신적인 자살 행위라고 말할 수 있다. 신(神)으로부터 주어진 영혼은 그것으로 인해 더럽혀지고 질식하여 빈사 상태에 이르게 된다.

　질투가 있는 곳에 올바른 판단이 있을 수 없다. 질투에 불타고 있는 눈은 모든 것을 곡해하기 쉽다. 게다가 올바른 것까지도 비뚤게 보이고 깨끗한 것도 천하게 보인다.

　자신의 마음이 질투로 인하여 비뚤어지고 더럽혀져 있으므로, 그 마음으로 상대를 볼 때 상대가 비뚤어져 보이고 더럽혀진 것으로 보이게 되는 것은 당연하다.

　질투하는 자의 입술은 마르고 그의 정신도 말라 사막으로 변하고, 애정도 그녀의 사막과 같아서 정신을 윤기 있게 할 수는 없다. 그곳에는 어떤 사랑의 정취도 없고 어떤 영혼의 꽃도 피지 않는다.

79
또다시 '질투'에 대하여

'일곱 번 이상 심사 숙고한 뒤에 사람을 의심하라'는 말이 있다. 섣불리 남편을 의심해서는 안된다.

남편의 귀가가 좀 늦는다고 곧 그의 품행을 의심해서는 안된다. 만약 마음속으로 굳게 의심하여 부정적인 상념을 마음속에 강하게 그리면 그린대로 그것이 나타나게 된다.

가벼운 의미로 농담이나 질투를 시도하는 것은 간혹 부부의 애정에 멋으로 작용할 수도 있다. 그렇지만 사실도 아닌 남편의 바람기에 대하여 아내가 진정으로 질투하고 매서운 태도로 생트집을 걸 때처럼 아찔한 순간은 없다.

그 매서운 태도, 그리고 도저히 말로 형언할 수 없는 불쾌한 질투의 분위기가 오히려 남편을 진짜 바람둥이로 몰고 간 예가 적지 않다. 그리고 질투를 하면 할수록 남편의 마음은 그 아내로부터 멀어져 간다.

《행복론》의 저자 알랭은 질투하는 아내를 두 남성 심리에 대하여 이렇게 말했다.

"남편이란 하나의 복잡한 기계이다. 아내된 사람은 절대로 그 기계를 해부하고 뜯어 고치려 해서는 안된다. 왜냐하면 뜯기는 쉬워도 다시 조립하기는 불가능하기 때문이다."

80
허 영

　자기 혼자만으로선 불안한 사람들은 자기들의 우월성을 그가 속하는 집단의 도움을 빌어서 믿으려고 한다. 이것을 속물 근성(俗物根性)이라고 한다.

　가장 보편적인 속물 근성은 경제적인 것에서 나타난다. 남이 살 수 없는 것을 가지고 있으면 자기는 우월하다고 생각한다. 보석, 밍크 코트, 고급 자동차 따위가 그렇다. 천민의 가장 큰 특징은 바로 이러한 과시용 소비이며 과소비다.

　그러나 이러한 허영심은 내실이 따르지 않기 때문에 남의 빈축을 살 뿐이다. 모든 허영은 겉모양을 꾸며서 내부의 허술함을 감추려는 헛된 노력이다.

　"밭을 가는 시골 농부는 닭고기와 막걸리를 말하면 매우 기뻐한다. 그러나 고급 요리에 대해 물으면 알지 못한다. 누더기와 잠방이*를 말하면 즐거워하나 높은 벼슬아치들의 예복에 대해 물으면 알지 못한다. 그 천성이 순박하므로 그 물

욕도 담백하다. 이것이야말로 인생 최고의 경지인 것이다."

《채근담》이 이르는 이 말처럼 내실을 충실히 하면 외부의 장식에 관계없이 내실로부터 은은한 광채를 발하게 된다. 내부의 뒷받침없이 겉치레만 하는 것은 밝은 전등 밑에서 오히려 자기 얼굴의 곰보를 뚜렷하게 드러내는 결과를 가져 오는 것과 같다.

---

*잠방이;가랑이가 짧은 홑고의. 여름 철에 흔히 농군이 입음.

81
다시 '허영'에 대하여

'약간의 것으로 만족하지 못하는 사람은 어떤 것에도 만족하지 못한다'고 말한 사람은 에피쿠로스파(派)를 창설한 고대 그리스의 철학자 에피쿠로스이다. 또 미국의 사상가 밴자민 프랭클린은 '만족은 가난한 사람을 넉넉하게 하고, 넉넉한 사람을 가난하게 한다'고 했다.

필요 이상의 겉치레, 즉 자기 분수에 넘치는 외관상의 영화(榮華)에 들뜬 마음을 허영심이라고 한다. 이 허영심은 다분히 여성적인 명사로 사용되고 있으며, 여기에 이의를 제기할 사람은 별로 없을 것이다.

"불평하는 그녀에게 값진 보석을 갖다 안겨주어라. 잠잠해질 것이다."

이것은 이탈리아의 격언인데, 세상의 모든 딸들은 영롱한 돌(보석)에 약한 것이 공통 분모인 듯하다.

여성은 보석을 좋아하고 사랑한다. 그러나 여성의 보석상

자를 채울 수 있는 남성은 온 세계를 찾아다녀도 좀처럼 만
날 수가 없을 것이다. 왜냐하면 대체로 여성의 보석상자에
는 밑바닥이 없기 때문이다.

나는 여기에서 여성의 제한 없는 욕심의 팽창, 즉 허영심
을 책(責)하려는 생각은 전혀 없다. 고전적(古典的)으로 말하
자면, 그 허영심을 채워주는 것이 남성의 역할이라고 할 수
있기 때문이다.

그러나 여성의 허영심은 그녀들의 삶에 약간의 효용성은
있지만, 그것이 지나치면 역시 문제가 크다. 왜냐하면 허영
심의 노예로 전락되기 때문이다. 허영심을 충족하기 위해서
는 필히 황금이 필요하고, 그 황금의 위력을 맹종(盲從)하므
로써 맘몬(Mammon)이라는 우상을 갖기 때문이다.

대개의 사람에게 있어서 경제 가치는 향락적 혹은 쾌락
가치에 쓰인다. 그래서 그들에게 있어서 인생은 쾌락의 추
구를 목적으로 하게 되는 것이다.

황금 숭배는 정신의 몰락을 동반한다. 열 손가락이 무겁
도록 보석으로 치장하고, 어느 샐러리 맨의 한달 봉급에 해
당하는 금액의 팬티를 착용한다고 해서 그 여성을 행복하다
고는 할 수 없다. 오히려 고귀한 영혼을 잃고 있음으로 해서
흉물스럽다는 느낌을 전달한다는 것이 바른 표현일 것이다.

참으로 유감스러운 일이지만, 수입이 많아졌을 때 대개의
여성은 그 수입을 자기 자신의 몸치장을 위해 쓰거나 화려
한 생활을 위해 쓰기 시작한다. 그리고 곧 자기 중심의 생활
과 아울러 인격의 저하가 시작된다.

더욱 아름답고 싶고, 누군가에게 자기의 행복을 과시하기
위하여 노력하는 것이 오히려 추악함을 드러내는 결과를 빚

고 있는 것이다.

수입이 증가하였을 때 그것을 자신의 치장에 쓰지 않고 공공의 복지 사업에 쓰는 사람은 그곳에 사랑을 중심으로 생활이 시작되고 인격의 상승이 시작된다.

풍부한 생활을 나쁘다고 할 수는 없지만, 봉사하는 생활을 잊은 자기만의 풍부한 생활은 악(惡)으로 변한다.

82
바람기

왜 남편이 다른 여자를 사귀게 되는가? 수천 수만 가지의 이유 때문이다.

우리 주변에는 매혹적인 유인력을 갖고 있는 여성, 멋진 육체를 갖고 있는 여성, 격렬한 정열을 억누르지 못하는 여성, 연애의 기교가 뛰어난 여성, 매혹적인 아름다움이 넘치는 여성이 존재한다.

남성은 이런 여성의 매력에 끌리는 경우가 적지 않다. 그럴 경우 자연히 자신의 아내와 그 여성을 비교하게 된다. 젊음과 품위를 잃고, 눈에 띄는 것은 둔한 태도나 기분 나쁜 표정, 둔감, 허약함 뿐이다.

그런데 다른 여성은 자신이 갖고 있는 매력을 모두 내보인다. 부부 사이에서는 이미 들을 수 없게 된 찬사를 그녀는 해준다. 친절하고 이해심도 넓다.

이럴 경우에도 아내가 계속해서 자신의 의무에 충실하고

천박한 질투심을 부리지 않는다면 — 질투심이란 것은 항상 나쁜 결과만을 가져오는 것이다 — 불륜이란 것은 결코 오래 가지 않는다. 바람을 피우고 있는 인간도 냉정한 이성을 되찾는 순간 다음과 같은 것을 깨닫게 될 것이다.

"내 불륜 상대는 매력은 있지만 내 반려자와 같이 중요한 사람은 아니다. 불륜 상대가 인생의 고난을 함께 나누어 주는 것은 아니다. 나에게 전심 전력을 다해서 몰두해 있는 것도 아니고 평생 변하지 않을 애정을 품고 있을 리도 없다. 하물며 사랑하는 아이들의 좋은 부모가 되어줄 리도 없다. 만약 지금의 아내와 헤어졌다고 해도 저 불륜 상대는 그 대신 반려자가 될 수 있는 사람은 아니다."

빠르든 늦든 남편은 그 아내 옆으로 돌아오게 되어 있다. 단, 그 아내가 무분별한 질투의 화신이 되지 않았을 경우에 한해서이다.

엄밀히 따지고 보면 남편의 바람기는 그 아내의 책임이 크다. 아내된 사람은 마땅히 관능이나 욕정, 감미로운 꿈, 색정에 관한 일에서 남편을 식상하게 만들어서는 안된다. 그러기 위해서는 부부 사이의 애정 표현에 신중해야 한다. 그렇지 않으면 상대를 질리게 하여 외부로 눈을 돌리게 만든다.

인간이란 본능적으로 손에 넣기가 곤란하면 곤란할수록, 신기하면 신기할수록 그것이 자극적이고 매력적인 것으로 보이는 법이다. 따라서 결혼 생활에서도 이러한 자극을 불어넣기 위해 노력해야 한다.

83
다시 '바람기'에 대하여

앞에서 이미 언급했지만, 대개의 경우 남편의 바람기는 일시적이다. 표현을 달리하여 말하여 결국, 남편은 손오공이다. 어차피 관음보살의 손바닥에서 벗어날 수 없다. 아무리 멀리 날아갔다고 생각해도 거기는 여전히 손바닥 안에 지나지 않는다. 손바닥이란 ― 물론 아내이다.

위험을 무릅쓰고(?) 솔직히 말하자면, 나도 색정(色情)에 흐르는 연애의 도취를 몇 번인가 경험했지만, 깊이와 질에 있어서만큼 마음은 아내를 떠난 적이 없다.

할 데이비드는 남편의 바람기를 원망하거나 증오하기에 앞서 아내의 자세를 가다듬으라고 다음과 같이 경고하고 있다.

여성들이여, 머리를 빗도록 하자. 화장을 하도록 하자.
곧 그가 문을 열 것이다.

당신의 손가락에 반지를 끼고 있다고 해서
더 이상 노력할 필요가 없다고 여기지 말라.
왜냐하면 그대들은 아내인 동시에 연인이 되기도 해야 하기 때문이다.
그가 귀가하여 당신에게 가까이 올 때
당신은 그의 팔을 잡고 반겨야 한다.
나는 당신에게 경고한다…….

매일매일 사무실에는 여성들이 있다.
그리고 남자들은 언제나 남자들이다.
곱슬곱슬한 머리를 만드는 도구를 낀 채 그를 환송하지
말라.
그를 다시는 보지 못할는지도 모른다.
왜냐하면 아내들은 언제나, 아내인 동시에 연인이 되어야
하기 때문이다.
당신은 그가 귀가하여 당신에게 가까이 올 때
그의 팔을 잡고 반겨야 한다.
그러면 그는 영원히 당신 곁에 머물러 있을 것이다.

• 연애란 한 여성이 다른 여성과는 다르다고 하는 망상이다.
　―멘켄, 미국의 평론가―

의부증
疑父症

공연히 남편의 행실을 의심하는 변태적 성격을 '의부증'이라 한다. 남편의 모든 행동을 파악하고 있지 않으면 마음을 안정할 수 없는 것이다. 아내가 남편을 필요 이상으로 구속하고 싶은 그 기분은 알만하지만, 그것도 정도가 있고 한계가 있다.

남편이 가정 밖에서 행동하는 것이나 속으로 생각하는 것까지 꼬치꼬치 '알리바이 보고'를 강요한다면 영락없는 애브노멀이다.

지나친 관심은 일종의 병이다. 남편이 아내로부터 일일이 모든 행동을 체크당하고, 그렇게 함으로써 애정을 강요당하는 것은 참으로 견디기 힘든 일이다.

인간은 너무 억누름을 당하면 당연히 반발하고 반항하게 된다. 토머스 모어는 '남편을 구속하려는 아내'에 대하여 이렇게 경고하고 있다.

"자기가 알고 있는 것을 모두 다 그 아내에게 지껄이는 남편이란 하나도 없다. 그러나 어리석은 아내는 그것을 캐내려고 애쓴다. 자신의 본분을 망각하고 집요하게 남편의 프라이버시를 침해하는 아내는 끝내 버림받고 만다."

• 좋은 아내란 남편이 비밀로 하고 싶어하는 사소한 일을 항상 모른 척한다. 그것이 결혼 생활의 기본 예의이다. ―S. 몸―

85
다시 '의부증'에 대하여

의부증(疑夫症)까지는 아니라고 하더라도 아내가 그 남편을 한시도 떠나고 싶지 않다고 생각하여 독점하고 싶은 기분은 이해할 수 있다. 그러나 너무 남편의 자유를 속박하면 지겨움을 느끼는 것은 오히려 당연하다.

남자란, 특히 가족의 생계를 책임지고 있는 가장이라는 이름을 가지고 있는 남자란, 때로 혼자의 몸이 되고 싶어하는 희망이 있는 법이다. 아마도 여자들에게는 결코 이해될 수 없는 충동이겠지만, 남성은 묶인 생활의 괄호를 잠시나마 탈피하고 싶은 것이다. 그런 심정을 이해하지 못하고 남편의 일거수 일투족을 속박한다면, 남편은 '어떻게 이렇게도 무신경한 여자가 있을까'하는 생각이 들어 질색을 하게 된다. 불현듯 도망을 치고 싶다는 충동에 사로잡히게 된다.

남자는 가정이라는 틀로 인하여 자유를 속박당했다고

곧잘 생각한다. 이것은 모든 남자들이 공통으로 가지고 있는 생각이다.

남자들은 타고 나기를 너무나도 많은 욕망과 소음에 휩싸이도록 되어 있다. 따라서 아내라는 권리를 내세워 남편으로부터 그 소음이나 욕구를 빼앗아 버린다면, 그는 아내 앞에서 아무런 존재 이유도 갖지 못하게 된다.

때로는 제발 혼자서 자유스러운 시간을 지낼 수 있도록 방치하는 여유를 가져야 할 것이다. 이것이 부부간의 사랑에는 좋은 휴식이 된다.

86
문제가 생겼을 때 친정으로 달려가는 아내

부부간에 문제가 생겼을 때 즉각 친정으로 달려가는 아내가 있다. 친정 부모의 힘을 빌어 문제를 해결하겠다는 지극히 소아적(小兒的) 성향을 지닌 아내다.

대부분의 남편들은 이렇게 철딱서니 없는 아내의 행동으로 기인되는 처가의 소란스럽고 주제넘은 참견에 증오심을 불태운다.

나는 여기서 이런 성향을 지닌 아내를 가진 남편에게 이런 말을 전해 주고 싶다.

부탁하지도 않았는데 누군가가 ― 참견하기를 좋아하는 친척이나 친구 등 ― 당신의 가정 문제에 끼어들면 그가 누구든지간에 용서해서는 안된다.

나서기 좋아하는 인간에게는 남자의 결의를 보여주면서 분명히 거절해야 한다. 부부가 정말로 사랑하고 있다면 약간 언쟁이 생겨도 주위에 폐를 끼치기 전에 화해를 하게 된다. 반대로 부부가 근본적으로 이해하지 못하고 있다면 누군가가 중재를 해준다고 해서 화해가 되는 것은 아니다.

하여튼 남편이라는 이름을 가지고 있는 이상 주변 사람들의 소란스러운 참견으로부터 벗어날 수 있어야 한다.

87
남편 위에 군림하는 아내

거나하게 취해 밤늦게 귀가하는 남편에게 투덜투덜 잔소리를 하는 아내는 흔하다. 좀더 심하면 마치 늦가을 잔뜩 독이 오른 독뱀처럼 맹독(猛毒)을 토하면서 잡아먹을 듯 으르렁거린다. 여기에다 폭력을 불사하면 영락없이 폭군이다.

분을 참지 못하여 내뱉은 카랑카랑한 목소리가 집을 날려 버릴 것만 같다. 재떨이와 쓰레기통이 씽씽 날은다. 뺨을 때리거나 팔뚝을 물어 뜯기도 한다. 손톱을 세워 얼굴을 할퀴고 옷을 발기발기 찢는다.

무섭다. 고약하다. 못 말리는 여자다. 하여간에 세다.

폭군형 아내는 매사에 자기 생각대로 남편을 조종하려든다. 남편의 의견이란 있을 수 없다. 자신의 마음에 들지 않으면 예사로 남편을 나무라고, 좀더 심하면 불벼락을 내리면서 흉폭성을 발휘한다.

남자의 심리란 묘해서 항상 자기를 받들어 줄 아내를 원한다. 그런데 이와는 정반대로 완전 지배를 받아야 하는 남편의 마음은 오죽할까. 죽지 못하여 살고 있는 경우가 많을 것이다. 마음속으로는 무서운 비수를 품고 아내에게 복수할 기회를 노리고 있을 것이다.

가정에서 기를 펴지 못하고 사는 남편, 아내에게 매맞는 남편이 사회에서 유능할 리는 만무하다. 그런데도 이 유형의 아내들은 최고의 남편을 원하고 있는 경우가 많다. 참으로 딱한 일이 아닐 수 없다.

철학자 소크라테스는 이런 말을 했다.

"너 자신을 알라!"

88
감사의 말을 잃은 아내

'감사하다'는 말만큼 부부사이에서 소홀히 생각되고 있는 말은 드물다. 특히 사이가 좋은 부부일수록 이 감사하다는 말을 잊기 쉽다.

그것은 왜 그런가? 서로가 너무 잘 알고 있으니까 일부러 감사하다는 말을 생략해 버리는 습성이 생겨서 그런 것이다. 그러나 남편에 대한 감사의 정이 희박해 지고 무엇이든지 당연하다고 가볍게 받아들이게 되었을 때, 그 가정은 위기를 맞는다.

자녀를 내가 길러 주고 있다고 자못 큰 은혜라도 베푸는 듯 행동할 때 자녀들의 효심은 사라진다. 선행을 하였을 때도 '내가 해주었다'고 우쭐대는 마음이 있을 때 선행의 효과와 가치는 반감한다.

소설가인 아나톨 프랑스는 "감사할 줄 아는 마음에는 역시 언젠가 다른 사람으로부터 감사함을 받는다."라고 말했다. 잔소리보다는 칭찬을 하는 것이 여러 모로 현명하다. 투덜거리기보다는 감사의 표시를 하는 것이 가정의 평화와 행복을 약속해 준다.

"감사할 것이 있어야 감사를 하지요."

이렇게 말하는 아내들이 있을 것이다. 그러나 그것은 '감사'의 정의를 잘 모르기 때문에 하는 말이다. 남편이 가족을 위하여 열심히 일하는 것, 가정에 충실하는 것, 예의 바르게 행동하는 것 등이 감사할 일인 것이다.

이렇게 생각할 수만 있다면 감사할 일은 너무도 많다.

"우리 가족을 위해 열심히 일하시는 것에 감사해요."

"다른 남편들처럼 문제를 일으키지 않고 가정에 충실해 주시는 것이 너무 감사해요."

"당신이 내게 예의 바르게 대해 주시는 것을 감사해요."

"가사를 도와주셔서 감사해요."

"이해해 주어서 감사해요."

아내가 남편에게 감사를 표시할 때 남편의 마음가짐은 묘한 흥분에 휩싸이게 된다. 약간은 우쭐해 진다. 자랑스럽기도 하고 부끄럽기도 하다.

어쨌든 작은 일에도 감사하는 아내를 소중하고 사랑스럽게 여기는 것이 남편들의 공통된 마음인 것이다.

89
맞벌이

　남편들은 원래 독선적인 면이 강하다. 똑똑 소리가 나
도록 똑똑한 아내보다 자기만을 위하는 아내를 사랑한다.
능력이 뛰어난 아내보다는 능력이 떨어지더라도 편안함을
주는 아내를 더 선호한다.

　현대는 여성의 사회 진출이 많은 시대다. 여성도 당당
한 직업인으로서 남성들과 어깨를 나란히 하고 있으며,
맞벌이 부부도 많다. 서로가 사회 활동을 통하여 자기의
가치 실현을 하고 경제적 풍요를 얻기 위해서이다. 좋은
일이다.

　그러나 내가 알고 있는 맞벌이 부부들은 결코 행복한
생활을 못하고 있는 것 같다. 특히 능력 있는 아내와 함께
사는 남편들은 더한 고통을 감수하고 있는 것 같다.

　사실 맞벌이 부부의 결점은 내면 깊숙이 부부를 결합시
키는 힘이 약하다는 점이다. 이유는 간단하다. 아내가 경

제적 자립 능력을 가지고 있기 때문에 남편의 존재를 크게 생각하지 않게 되었기 때문이다. 한편 맞벌이 남편은 아내가 돈벌이를 한다는 사실에 컴플렉스를 느끼고 있다. 이것은 그런 입장이 아니고서는 도저히 이해할 수 없는 일이다.

맞벌이 부부에게 가장 심각한 것은 역시 직업적인 피로감이다. 여성이 직업을 가지게 되면 많은 압력을 가지게 된다. 그리고 자연히 가족에 대한 시간은 충분하지 못하게 된다.

부부가 함께 시달리는 맞벌이 부부는 대개가 침실에 냉기가 감돈다고 한다. 왜냐하면 피로에 못이겨 아내가 먼저 넉아웃이 되기 때문이다.

직무에 시달려 부부간의 일이 시큰둥해 진다는 것은 맞벌이 부부가 아니고서는 실감이 안나는 이야기일 것이다. 성생활의 불만족에서 오는 스트레스는 참으로 크다. 공격적이고 지배적인 성충동을 지닌 남편의 입장은 수동적인 아내의 입장과 비할 바가 아니다.

어쨌든 맞벌이 남편들은 아내로서의 역할을 다하지 못하는 그 여자에게 큰 불만을 느끼고 있는 것이다.

90
복 종

　만약 단순히 '옳은 일'만 하는 인간이라면 그는 매우 잔인하게 보일 것이다. 고지식한 사람의 정의감은 칼에는 칼, 눈에는 눈, 이[齒]에는 이를 보상하려고 한다. 그들에게 있어서는 정상 참작이 있을 수 없다.

　고지식한 사람은 분명한 것만을 요구한다. 눈에 보이는 것만을 믿으며, 그 밖의 것에 대해서는 단호히 거절한다. 그러나 어찌 불완전한 인간이 매사에 완전할 수 있겠는가. 항상 동일한 생각과 감정을 유지할 수 있겠는가.

　과학이 아무리 발달한다고 할지라도 사람의 마음을 측정할 수는 없다. 사랑의 농도라든지 미움의 뿌리 등과 같은 정신적인 부분을 측량할 수는 없는 것이다.

　그러기에 인간 관계에 있어서는 비과학적인 부분을 인정하는 '융통성'이 필요한 것이다. 융통성이 있는 사람에게는 하나의 공적일지라도 몇 배의 보상을, 열 가지의 죄일지라도 하나로 경감할 수 있는 것이다.

차가운 지혜는 사람을 심판하지만 사랑은 사람의 공적을 확대시킨다. 정직하다는 것은 하나의 미덕임에는 분명하지만, 사랑은 그 이상의 미덕을 지닌다.

남편을 '정직'만의 척도로 비판한다면 그 가정은 결국 파괴된다. 아내의 역할은 가정에서 사랑을 담당하는 일이다. 사랑한다는 것은 우선 상대의 진면목을 아는 일이다. 그러나 이 말의 뜻은 그 잘못에 동화(同化)되라는 것은 아니다. 상대의 단점을 캐내어 무리하게 교정시키라는 뜻도 아니다.

있는 그대로를 실재(實在)로 여기고 그것을 사랑하라는 것이다. 《신약성경》의 에베소서 5장에 "자기 남편에게 복종하기를 주께 하듯 하라."고 씌어 있다.

이 말을 잘 생각해 보기를 바란다. 가볍게 읽어내려 간다면 《성경》을 오역할 우려가 있다. 이곳에는 '좋은 남편은 주님을 섬기듯이 섬기라'고 씌어 있지는 않다. 좋든지 나쁘든지, 부지런한 사람이든지 게으른 사람이든지, 진실치 못하든지 바람을 피우든지간에 주(그리스도)께 복종하는 것과 같이 하라고 말하고 있는 것이다.

내가 좋아하는 일본의 작가 미우라 아야꼬의 수필집 《사랑하며 믿으며》에 이와 관련된 대목이 있다.

"성경에는 남편에게 복종하기를 주께 하듯 하라는 말씀이 있다. 만일 자기의 남편이 도둑이고, 도둑질을 하면서 망을 보라고 하면 잠자코 망을 보라. 그것을 영리한 체하고 '도둑질은 나쁜 짓이니까 그만 두세요'라고 한다면 그것은 복종하기를 주께 하듯 하지 않는 것이 된다. 매우 심한 말을 하는 것 같지만, 이처럼 유의한 아내들은 모두 부부 관계가 좋아졌다."

우리는 자기의 약아빠진 이론이나 빈약한 경험으로써 하느님의 말씀을 거역해서는 안된다. '남편에게 복종하기를 주께 하듯 하라'고 하시면 복종하면 된다. 하느님은 절대로 무책임하게 명령하시지는 않는다. 남편에게 복종한다면 나중은 하느님이 책임을 지시고 좋게 해결해 주시는 것이다.

나는 기독교를 믿지는 않지만, 성경의 이 구절은 참으로 가슴에 와 닿았다. 복종하는 것이 참사랑을 부르고, 그러한 참사랑이 사람을 변하게 하는 것이 아닐까?

91
남편은 그 아내가 만든다

근대 사실주의의 대가라 일컫는 프랑스의 소설가 발자크 (Balzac, Honoréde)는 이런 말을 했다.

"남편들은 자기가 아내라고 하는 작품을 창조하는 것이라고 생각하고 있다. 그러나 현명한 아내는 남편이라고 하는 자신의 작품을 만드는 것이다. 어떠한 경우라도 남편의 마음을 캐내려 하기 전에 남편의 마음을 편하게 해주어라. 그것이 바로 훌륭한 작품을 만드는 일이다."

대부분의 여성들은 자기 자신을 존경하지 않는 동시에 남편도 존경하지 않는다. 자기 자신을 하찮게 생각하면서 역시 남편도 하찮은 인간으로 간주하고 있다.

남편에게 있어 아내로부터 경멸당하는 것이 어떤 것인가를 깨닫는 아내는 적은 것 같다. 자기의 약점을 생각하는 것도 잘못이거니와 남편의 결점을 캐어서도 안된다. 캐낼수록 그것이 강조되어서 더욱 결점이 많아지며, 자신이 가장 싫어하는 상태가 신변에 나타나게 되는 것이다.

남편의 건강을 비롯하여 경제상의 풍요로움, 바람기, 음주벽, 도박에 빠지는 심리 등이 모두 아내의 마음속에 있다.

여자는 남자를 다루는 천부의 소질을 타고났다. 《탈무드》에 여성의 놀라운 힘을 이렇게 표현하고 있다.

어떤 선량한 부부가 이혼을 했다.

남편은 곧 재혼했다. 가엾게도 나쁜 여자와 재혼하여 그는 새로운 마누라와 똑같은 나쁜 남자가 되고 말았다.

아내도 역시 재혼을 했다. 성품이 좋지 않은 사나이였다. 그러나 나쁜 사나이는 마침내 좋은 사람이 되었다.

이와 같이 남자는 언제나 여자의 조종에 따르는 법이다.

여자는 어떤 남자라도 자기가 바라는 남자로 만들 수 있다. 여자는 창조적인 힘, 그 자체이기 때문이다.

92
적응과 부적응

사랑은 상대에게 적응하는 것이다. 상대방의 마음을 편안하게 해주는 것이다. 《성경》에는 사랑을 '복종(服從)'이라는 말로 표현하고 있다. 예수님은 보상의 기대없이 100퍼센트 헌신하라고 말했다.

아내가 남편의 비위를 맞추고, 남편의 주위를 쾌적하게 하기 위한 서비스적인 생활을 하는 것을 공연히 치욕적인 것으로 느끼고, 이에 반대하는 것이 마치 신여성인 것처럼 설치는 여성들도 있다.

그러나 여성을 사랑하는 남성은 여성의 비위를 맞추고 그 주위를 쾌적하게 하려고 자연히 노력하게 된다. 남성을 사랑하는 여성이 그와 같은 감정을 갖는 것도 자연스러운 일이다. 그 자연스런 감정으로부터 아름다운 남녀 관계, 부부 관계가 생기는 것이다.

삼중고(三重苦)의 성녀 헬렌 켈러는 "인생은 신나는 사업이다. 그리고 남들을 위해서 살 때 가장 신나는 것이 된다."
라고 말했다.

그렇다. 사람이 사람을 위해 일할 때 그 활동 자체가 행복
감을 가져온다. 그리고 그의 활동에 의하여 은혜를 입은 자
가 기쁜 얼굴과 감사하는 마음의 반응을 전해올 때 이중의
행복이 겹쳐서 온다. 인간은 자신의 존재가 누군가를 위해
서 있는 것이라는 자각이 없다면 산 보람을 느낄 수 없게
된다.

에리히 프롬(Erich Fromm)은 그의 저서 《사랑의 기술》
속에서 '복종과 헌신'을 이렇게 표현하고 있다.

"주는 것을 마치 무엇인가를 포기하거나, 손해보거나, 희
생하는 것으로 오해하고 있는 자가 많다. 그러나 주는 것이
란 힘의 가장 고차원적인 표현인 것이다."

93
다시 '적응과 부적응'에 대하여

다른 사람과 불화하는 이유 중의 하나—이것은 가장 커다란 이유이다—는 자기가 다른 사람과 사귀기 어려운 인간이기 때문이다.

사람들은 대개 자기 자신을 조금씩은 착각하며 살고 있다. 나는 문제가 없는데 다른 사람에게 문제가 있다는 착각이다. 이 얼마나 어리석고 교만한 착각인가.

신혼 초 나는 아내와 곧잘 다퉜다. 의견 차이와 성격 차이 때문이었다. 연애를 할 때는 생각지도 못했던 것들이 막상 결혼을 하여 한 이불을 덮고 살면서부터 조금씩 드러나기 시작한 것이다.

나의 눈에 거슬리는 아내의 행위를 볼 때 나는 즉시 그것을 지적했다. 시정을 요구했다. 내가 그러했던 목적은 아내를 기분나쁘게 만들려고 했던 것은 아니었다. 단지 아내의 좋지 않은 습관을 고쳤으면 좋겠다는 선의(善意)에서 그랬던 것이다.

그러나 아내의 생각은 달랐다. 나의 선의를 악의로 받아들였다. 오만상을 찌푸리고 내가 알아 들을 수 없는 말을 씨부렁거리기 시작했다.

"지금 뭐라고 했어? 뭐라고 씨불거리는 거야!"

그때마다 나는 분통을 터뜨렸다. '잘못을 고치라고 하는 말이 그렇게도 불만이냐'고 추궁했다. 그래도 아내는 계속 웅절거렸다. 나는 하마터면 주먹이 날아갈 위기를 초인적인 인내력을 발휘하여 몇 번이고 참았다.

지금도 아내는 혼자서 웅절거리기를 잘한다. 불만이 있을 때 그런다. 아내가 불만을 푸는 방법이라는 것을 잘 알면서도 역시 듣는 나는 기분이 나쁘다.

그러나 지금의 나는 분노를 폭발하는 대신 웃는다. 쿡쿡 혼자 재미있게 웃는다.

생활 속에서 종종 킥킥 웃는 것은 좋다. 아무리 화가 나더라도 쿡쿡 웃고나면 마음이 한결 가벼워 진다.

아마도 아내는 무덤에 갈 때까지 웅절거리는 버릇을 못 버릴 것이다. 나의 경우를 보아도—참으로 딱한 일이지만—나 자신을 변화시킬 수 없는 습관을 많이 가지고 있다.

당신에게 있어서 무엇이 문제인가? 사람마다 수천 수만 가지의 이유가 있을 것이다. 그러나 그 문제가 어떠하든 간에 당신이 어떻게 반응을 보일 것인가라는 문제는 전적으로 당신의 자세가 좌우한다. 분노할 수도 있고 너그럽게 이해할 수도 있다. 당신은 분노했을 때와 이해했을 때의 결과에 대해서도 생각할 수 있을 것이다.

적응할 것인가, 아니면 적응하지 않을 것인가? 그 선택은 오로지 당신의 마음에 달려 있다.

94
또다시 '적응과 부적응'에 대하여

《사랑받는 아내·The Total Woman》의 저자 마라벨 모건은 '적응과 부적응'에 대하여 이렇게 말했다.

"결혼 생활에 있어서 가장 어렵고 가장 근본적인 일은 상호간에 어떤 점을 무시하고 어떤 점을 받아들일까, 라는 문제이다. 대부분의 불행한 결혼 생활은 변경시킬 수 없는 것을 변경시키려고 할 때 발생하게 된다."

대개의 부부들은 결혼 후 어느 순간 아내를 혹은 남편을 지배하려고 안간힘을 다 해본다. 소위 '주도권 싸움'을 하게 되는 것이다. 그러한 과정을 거쳐 절충점을 찾게 되지만 끝끝내 내 마음대로만 하겠다고 버티는 경우도 적지 않다.

결과는 서로가 절충점을 찾을 때까지 비참한 기분에 잠기게 된다는 것이다. 한마디로 그 생활은 무덤과도 같다.

사랑은 헌신하는 것이다. 자기의 기호에 맞지 않더라도 상대방의 행복이 되는 일이라면 무엇이든 마다하지 않는 것, 이것이 사랑이다. 그래서 사랑하는 사람은 부지런할 수밖에 없다. 힘드는 일을 내가 하는 것은 사랑하는 마음이 있기 때문에 가능한 것이다.

사랑은 좋아하는 것과는 다르다. 태양과 같이 아무런 바람이 없이 모든 만물에게 차별없이 베푸는 자가 되지 않으면 안된다.

자신에 대해서 번민하지 말라. 적응할 수 있는 일에 고집을 부려 버티지 말라. 사랑하는 사람을 위한 헌신을 아끼지 말라. 그를 어떻게 행복하게 해줄 것인가를 번민하라. 그것이 가족과 자기를 행복하게 하는 최선의 길이다.

95
가사에 대하여

요즘 젊은 남성들은 맞벌이 할 수 있는 여성을 결혼 상대자로 선호하고 있다고 한다. 여성들도 사회 참여로 자기의 가치 실현을 하면서 가정 경제에 남편과 상부상조한다는 이해 관계가 맞아 떨어져 동조하고 있는 듯하다.

그러나 나는 가정 주부가 돈벌이의 노동을 해야만 된다는 것에 반대하는 입장이다. 시대에 뒤떨어진 생각인지는 모르겠지만, 그것은 사회의 한 결함이라 생각하고 있다. 또 하나의 '여성 박해'라는 느낌을 떨칠 수가 없다.

여성의 사회 참여를 부르짖고 있는 여류(女流)들은 자신의 분야에서 나름대로 일가견을 이룬 사람들이다. 다시 말하여 많은 여성이 선망하는 직업에 종사하고 있는 '선택된 소수의 사람'들이라는 점이다. 이 구별을 확실히 아는 일이 중요하다.

인간에게는 개인차(個人差)가 있다. 그리고 여성은 많은 면에서 남성과는 비교할 수 없는 성별 특성이 있다. 남성에게는 찾아볼 수 없는 좋은 면, 곧 '여성다움'이 있는 것이다. 그것은 누가 뭐라해도 섬세한 정성과 손길을 필요로 하는 일에 적합하다.

현대의 많은 직장 여성들은 '슈퍼우먼 신드롬'에 시달리고 있다고 한다. 가정에서도 잘해야 하고 직장에서도 잘해야 한다는 심리적 압박에 시달리고 있는 것이다.

물론 마음이야 그러고 싶을 것이다. 아내로서 어머니로서, 또 며느리로서 사랑받는 여성이 됨과 동시에 당당한 직업인으로서 자기의 가치 실현을 하고 싶을 것이다.

그러나 인간의 능력에는 한계가 있다. 마음은 있어도 체력이 뒤따르지 않을 수도 있다. 그래서 조금 소홀히 하면 모든 비난을 덤터기로 써야 하는 것이다.

'가정에서 살림을 하는 것이 가장 늘어진 여자 팔자'라고 말하는 사람들은 직장에 시달리는 직업 여성들이다. '여성의 사회 진출은 시대적 요청이요 필연이다. 온실 속의 화초처럼 살지 않고 사회로 나와 당당하고도 화려하게 사는 것이 얼마나 멋진 일인가.' 어쩌구 하면서 직업 예찬을 하다가도 직업적인 압박에 심신이 피로하여 한숨을 내쉰다. 괜시리 자신의 존재가 슬퍼져서 '그래 가정을 지키는 것이 여자의 상팔자인데…….'한다.

여성이 직업을 가져야 하다는 것 ─ 어찌 생각하면 비참한 일이 될 수도 있다. 가정에서도 직장에서도 성공하지 못하고 자신의 존재 가치를 상실할 우려가 많다.

나는 맞벌이를 원하는 젊은 남자들을 좋아하지 않는다. 아내를 직업 전선으로 몰아내는 남편들을 좋게 생각하지 않는다. 그것은 마치 예수에게 십자가를 지우려는 만큼의 음모가 그 속에 숨어 있는 것이다. 아내 덕에 자기의 책임을 회피하겠다는 비열한 생각이 숨어 있는 경우가 많은 것이다.

결혼해서 가정 주부가 되는 편이 직장 생활을 하는 것보다 편하다는 것은 여성 자신들이 누구보다 잘 알고 있다. 그리고 주부로서의 생활 속에 올망졸망한 행복이 가득차 있는 것이다.

가사는 더욱 권위가 있고 또한 존중되어야 한다. 여성 스스로 가정적인 일을 경멸하고 외부로 진출하는 것만이 남녀 동등인 것으로 착각할 때는 여성의 본성 자체를 스스로 경멸하는 셈이 된다. 취사, 세탁, 육아 등이 남성의 직업에 비하여 결코 못하지 않는 귀중한 일이라는 것은, 단 하루라도 여성이 그 자리를 비우면 생활이 거의 성립되지 않는 점으로 보아도 알 수 있다.

여성의 지위를 향상시킨다는 것은 반드시 여성이 외부적인 사회 생활로 진출하는 것이 아니다. 내부의 가정적인 일이 얼마나 중요한 것인가를 남성에게 깨닫도록 만드는 것이 바람직한 남녀 동등이라고 할 수 있다.

무미건조한 회사의 사무적인 일만이 인권을 확립하는 길이요, 따뜻하고 부드러운 가정적인 일을 인권을 낮추는 일이라는 사고가 큰 착각임을 깨달아야 한다.

여성의 인권을 존중하는 것은 여성이 가정적인 일로부터 도피하는 일이 아니라 가사의 중요함을 남성에게 깨닫도록 하는 데 있다.

96
다시 '가사'에 대하여

　"남성은 아내가 그리스어를 말할 때보다 식탁에 맛있는 저녁밥이 차려져 있을 때를 기뻐한다."

　영국의 저술가 존슨(Jonson, Samuel)의 말이다. 이 말에 고개를 끄덕이며 수긍하는 남편들이 참으로 많을 것이다.

　정말 그렇다. 얼렁뚱땅 성의 없이 만든 밥상은 항상 남편의 마음을 화나게 만든다. 일일이 그것을 탓하자니 남자가 옹졸해지는 것 같아서 참고 지내는 경우가 많지만, 성의 없는 밥상을 받을 때마다 심기가 불편해 지는 것은 어쩔 수 없다.

　여성의 본질은 모성이다. 아기를 모유로 기르듯 식사에도 애정어린 관심을 가지고 조절하는 것이 여성에게 부여된 천분의 하나이다. 그 천분이 자연스럽게 나타나서 주부는 대체적으로 취사를 분담하고 있는 것이며, 음식 솜씨에 따라 밖에서 일하고 귀가하는 남편의 기대가 죄우된다.

　귀가할 때 남편의 뇌리에 아내의 얼굴이 떠오르면 기다렸다는 듯이 그녀의 솜씨가 떠오른다. 서툰 솜씨도 있고 능숙한 솜씨도 있지만, 그것보다 더욱 중요한 것은 정성이 얼마나 담겨 있느냐이다. 남성들은 그런 것에 매력을 느끼고 가정으로 끌려 들어간다.

　매력의 강도는 뻔하다. 정성이 깃든 조촐한 저녁상을 둘러싸고 가족이 함께 사랑을 나누는 모습을 상상하기만 하여도 저절로 행복감을 느낄 수 있다.

　그러나 천편일률적이고 성의 없는 밥상이 기다리고 있다면 귀가하는 발걸음이 가벼울 리가 없다. 왜냐하면 성의 없는 식탁처럼 그 아내의 마음도 성의를 잃었기 때문이다.

97
훌륭한 것과 행복한 것

사람들은 저마다 지문이 조금씩 다른 것처럼 개성이 다르고, 살아가는 모습이 다르고, 생각하는 관점도 다르다. '일하는 여성이 아름답다'고 말하는 사람이 있는가 하면, 필자처럼 '또 하나의 여성 박해'라고 생각하는 사람들도 적지 않다.

오늘날 우리 사회에서 여성의 사회 참여를 부르짖는 여류들 중에는 가정적으로 행복하지 못한 사람들이 더욱 많다. 남편에게 사랑받지 못하고 자녀들에게는 존경받지 못한다.

우리가 이름을 기억할 만큼 유명한 여인들 중에는 행복보다는 불행을 짊어지고 산 여인이 많다는 것은 무엇을 뜻하는가?

훌륭하게 되는 것과 행복하게 되는 것은 별개의 일이다. 사회적으로는 명성이 높으면서 가정 생활이 불행한 여성은 많이 있다. 오히려 지위도 이름도 없는 여성 중에서 진정한 행복을 누리고 있는 여성이 많다.

그들 중 누가 더 행복하고 불행한지는 아무도 알 수 없다.
여성 스스로가 현명하게 판단할 일이다.

• 여성은 가장 여성다울 때에 완전하다. —글레드스턴, 영국의 정치가—

98
당신은 과연 어떤 아내인가

'아무리 아름다운 장미꽃도 손에 든 순간 가시에 찔리면 아름다움을 잃는다'라는 말이 있다. 그 장미꽃을 아내 ― 즉 당신 ―에게 비유한다면, 당신은 과연 어떤 아내인가?

가족에게 행복을 주는 사람인가, 불행을 주는 사람인가? 남편에게 고통과 환멸을 주는 사람인가, 그 반대인가?

당신은 이러한 점에 대하여 진지하게 생각하고 반성하는 시간을 날마다 가져야 한다. 만약 이러한 시간을 갖지 못하는 사람이 있다면, 그 사람의 인생은 단순한 생활의 반복일 뿐이다. 다시 말해서 동물처럼 어리석고 아둔하며, 탐욕스럽게 살아갈 수밖에 없다는 말이다.

칸트(Kant)는 그의 고결한 인격의 깊은 윤리적 성실성을 반영하여 우리에게 이런 충고를 남기고 있다.

"사람으로서 해야 할 가장 위대한 의무는 어떻게 해서 온갖 존재 속에서 가 있어야 할 자리에 알맞게 자리 잡으며,

또한 사람이기 때문에 그러한 존재일 수밖에 없다는 것을
바르게 이해하는가 하는 것을 아는 것이다."

한마디로 가치가 있는 인간이 되라는 것이다. 인생의 의
의는 가치에 대한 봉사, 가치를 자기 안에 이루는 데에
있다.

그렇다면 과연 아내로서의 가치는 무엇이겠는가?

99

말 한마디 천금의 가치
千金

장난으로 던진 돌에 개구리가 죽고, 무심코 뱉은 말이 남의 가슴에 못이 되는 경우를 당신도 눈으로 보거나 직접 경험했을 것이다. 생각 없이 한 말이 화근이 되어 곤경에 처한 일도 있었을 것이다.

나도 말 때문에 고통을 당했던 경우가 많았다—참으로. 그래서 나의 책상 위에 다음의 글을 써놓고 수시로 읽고 있다. 이 글을 끝내면서 나의 독자들에게도 전하고 싶다. 변덕스런 삶 속에서 자신을 지키는데 많은 도움을 줄 수 있을 것이다.

부주의한 말 한마디가 싸움의 불씨가 되고, 잔인한 말 한마디가 삶을 파괴한다. 쓰디쓴 말 한마디가 증오의 씨를 뿌리고, 무례한 말 한마디가 사랑의 불을 끈다.

은혜스런 말 한마디가 길을 평탄케 하며, 즐거운 말 한마디가 하루를 빛나게 한다. 때에 맞는 말 한마디가 긴장을 풀어주고, 사랑의 말 한마디가 축복을 준다.

내가 한 말은 나에게 다시 돌아온다. 나의 행복과 불행은 나의 말 한마디에 있다.

여자에게 알려주는
99가지 비밀이야기

2019년 9월 20일 인쇄
2019년 9월 25일 발행

지은이 | 이 명 수
펴낸이 | 김 용 성
펴낸곳 | 지성문화사
등 록 | 제5-14호(1976.10.21)
주 소 | 서울시 동대문구 신설동 117-8 예일빌딩
전 화 | (02)2236-0654
팩 스 | (02)2236-0655, 2236-2952

정 가 | 18,000원